L'amour est invincible

J'AI LU

Barbara Cartland est une romancière anglaise dont la réputation n'est plus à faire.

Ses romans variés et passionnants mêlent avec bonheur aventures et amour.

Vous retrouverez tous les titres disponibles dans le catalogue que vous remettra gratuitement votre libraire.

Barbara Cartland

L'amour est invincible

traduit de l'anglais
par Nicole Telmon

Éditions J'ai lu

Ce roman a paru sous le titre original :

LOVE IS INVINCIBLE

NOTE DE L'AUTEUR

La politique de l'Empire victorien fut essentiellement dictée par la peur des menaces russes sur l'Inde. La zone la plus vulnérable était la Passe d'Alexandre, située entre le nord-ouest de l'Inde et la frontière afghane.

L'Afghanistan était un voisin en qui l'on ne pouvait avoir confiance. Ses frontières étaient peuplées de tribus de religion musulmane qui ne respectaient aucune loi et n'obéissaient à personne, ce qui rendait très difficile la création d'une véritable ligne de défense. Cette situation donna naissance au « Grand Jeu ». Tout homme britannique cherchant à prouver ses capacités rêvait d'y entrer pour y découvrir l'exaltation, le risque et les mystères qu'il renfermait.

Les Russes, avançant inexorablement vers l'Est et le Sud, détruisaient, les uns après les autres, les Khans de l'Asie centrale, et ainsi se préparaient à encercler l'Inde. Ils avaient même entrepris la construction d'une ligne de chemin de fer qui, traversant la Sibérie, irait jusqu'en Extrême-Orient. On disait également, bien qu'il fût difficile de le vérifier, qu'ils en construisaient une autre au Turkestan, et avaient l'intention d'annexer le Tibet. Tout cela inquiétait énormément la reine Victoria qui posait d'incessantes questions au vice-roi.

Les Britanniques postèrent leurs troupes le plus près possible des territoires russes, bien qu'ils aient pensé plusieurs fois que la prise de l'Afghanistan serait inévitable. C'est au sein même des rocs et des oueds du nord-ouest de l'Inde que naquit la légende de l'armée britannique, si merveilleusement décrite par Kipling. C'est cette armée qui dut repousser toutes les attaques des tribus sauvages. Ces tribus étaient bien sûr soutenues par les Afghans, eux-mêmes appuyés par les Russes.

1887

1

En une course effrénée, Lucille amena son cheval face à l'imposante barrière et la passa avec grand style.

Lui caressant le cou, elle s'exclama :

— Tu es un bon petit ! Je suis très fière de toi !

Puis elle le freina tout doucement. Ce fut à ce moment-là qu'un homme montant un superbe étalon surgit du fourré d'où il l'avait observée. Il retira son chapeau. Elle remarqua qu'il était extrêmement beau et fort élégamment vêtu. Elle savait qu'elle allait enfin découvrir le marquis de Shawforde.

— Puis-je me permettre de vous féliciter de la manière dont vous avez sauté cette barrière ? dit-il. J'étais sur le point d'y tester mon cheval mais je crains qu'il ne soit pas aussi brillant que le vôtre.

Lucille le regarda en souriant et le jeune homme aperçut ses fossettes de chaque côté de ses lèvres. Elle était bien l'une des plus jolies filles qu'il ait jamais vue. Son costume vert, ses cheveux blonds de la couleur des rayons du soleil, ses yeux aussi translucides qu'un torrent de montagne la rendaient superbe.

Il pensa qu'elle devait être étrangère au pays. Il y eut un silence, puis Lucille ajouta :

— J'attends de voir vos performances, Monseigneur.

Le marquis la regarda, surpris.

— Puisque vous me connaissez, dit-il, pourriez-vous avoir l'immense bonté de me dire à qui j'ai l'honneur ?

— Je m'appelle Lucille Winterton.

Il fronça les sourcils et ajouta :

— Je ne vous ai jamais vue à Londres, car si cela avait été le cas, je m'en serais souvenu.

— Vous ne pouvez pas m'avoir vue à Londres, répliqua Lucille, je n'y suis jamais allée !

— Vous habitez ici ? demanda-t-il, incrédule.

— J'habite juste en dehors du village, non loin de votre demeure, Monseigneur.

— Je ne vous laisserai plus vous égarer alors.

Elle sourit comme si elle trouvait ses propos quelque peu présomptueux. Ramenant son cheval à côté du sien, il dit :

— Vous gambadez sur mes propriétés, et c'est quelque chose que vous ne devriez pas faire.

— Ce sont peut-être vos propriétés, répliqua Lucille, mais je tiens à vous dire que depuis des années, voire des siècles, elles servent de champs de courses : tout le monde dans le comté entraîne ses chevaux ici. Si vous nous interdisez cette faveur, il y aura une révolution !

Le marquis éclata de rire.

— Je vous promets que je n'en ferai rien, surtout maintenant que je *vous* ai rencontrée.

Il insista sur le *vous*. Les yeux de Lucille scintillèrent lorsqu'elle lui dit :

— Si seulement vous pouviez imaginer à quel point je vais être enviée dans mon voisinage !

— Pourquoi ? demanda le marquis.

— Parce que tout le monde avait très envie de faire votre connaissance et a été extrêmement déçu de ne pas avoir été invité aux réceptions que vous donniez au château.

— Est-ce que c'est réellement ce que tout le monde souhaitait ? lança le marquis en riant.

— Bien sûr, répliqua Lucille. Ils pensaient que les choses allaient changer à la Belle Maison lorsque vous en êtes devenu l'héritier, que vous vous intéresseriez à vos voisins, mais en fait c'est exactement comme avant.

— Je vais me charger de remédier à cela, déclara le marquis. Quand accepteriez-vous de dîner avec moi ?

— Mais... vous... me mettez vraiment dans une situation très embarrassante, répondit Lucille. C'est un peu comme si... je mendiais une invitation.

— Je vous promets que je vous inviterai, que vous mendiez ou non mon invitation !

Il la regardait attentivement, comme s'il n'était pas sûr qu'elle fût réelle et ajouta :

— Seriez-vous en train de me dire que des

jeunes femmes tout aussi jolies que vous vivent au pas de ma porte ? J'ai du mal à le croire.

Lucille sourit et renchérit :

— A vous de les découvrir. J'ai hâte de rentrer à la maison, au galop, afin de dire : « Ça y est, je l'ai rencontré ! Je l'ai rencontré ! »

— Vous êtes en train de me faire croire que je me suis mal comporté ! s'exclama le marquis.

— C'est tout à fait cela, lui répondit Lucille.

Il la regarda l'air étonné, et pensa que cette jeune femme était vraiment beaucoup plus jolie que toutes celles qu'il avait rencontrées à Londres ou ailleurs. Elle était également très différente de ces filles maladroites qu'il essayait toujours d'éviter au cours des réceptions auxquelles il se devait d'assister. Elles étaient généralement timides ou bien beaucoup trop bavardes.

— Allez-vous répondre à ma question ? demanda-t-il. Je vous ai invitée à dîner.

Lucille détourna son regard.

— Je crains fort de ne pas être autorisée à accepter votre invitation.

— Qui oserait vous en empêcher ?

— Ma sœur ; et je suis certaine que si papa était encore vivant, il m'obligerait à refuser.

— Et pourquoi ? interrogea le marquis.

— Parce que papa estimait que votre père se comportait mal à l'égard des pauvres gens du village et ma sœur considère vos réceptions comme une offense !

— Une offense ! s'exclama le marquis étonné. Mais pourquoi diable ?

Lucille se mit à rire.

— Vous n'ignorez certainement pas, Monseigneur, que tout ce que vous faites dans votre domaine se sait au village, presque avant que cela ne se produise, et est colporté et répandu dans tout le pays au gré du vent.

— Je ne me doutais absolument pas de cela.

— Vous savez, nous n'avions pas de véritables sujets de conversation avant votre arrivée, dit Lucille en toute franchise, et je suis presque sûre que tout ce que j'ai pu entendre est vrai.

Elle pensait aux domestiques dont le nombre ne faisait qu'augmenter depuis que le marquis avait hérité, et qui venaient tous du village. Ils se délectaient auprès de leurs familles, tout comme les servantes, d'anecdotes sur le comportement du marquis.

Le précédent marquis était mort après une longue et douloureuse maladie. Sa grande maison avait toujours donné l'impression d'être enveloppée d'un voile de tristesse. Tout le monde s'était rendu à ses funérailles dans l'église du village située au coin du parc, non loin de là où était enterrée une grande partie de la famille. C'était en quelque sorte la fin d'une époque. « Les choses vont changer maintenant », disaient les gens du pays, d'une manière optimiste. Mais ils n'étaient pas préparés à ce que le jeune marquis allait faire.

Deux mois plus tard, il avait organisé sa première réception et fait venir dans la maison une foule d'amis londoniens. Certaines personnes larges d'esprit trouvèrent normal qu'il veuille s'amuser en compagnie de charmantes dames et danser dans la salle de bal qui n'avait pas été ouverte depuis de nombreuses années. Qui l'aurait imaginé, assis comme l'avait été son père pendant sa longue maladie, refusant de voir ses visiteurs et attendant simplement la mort ?

« Mais une réception est une chose, et une orgie en est une autre », lançait d'une voix acerbe madame Geary qui tenait l'épicerie. Tous ceux qui l'écoutaient l'approuvaient. Les médisants racontaient que les hommes buvaient beaucoup trop, que les dames aux visages maquillés et aux lèvres cramoisies participaient à ces « débauches ». Elles se laissaient descendre sur la rampe d'escalier et montaient sur le toit où elles dansaient au clair de lune. D'aucuns disaient même qu'elles ne portaient que leur chemise de nuit pour unique vêtement !

Des jeux tels que « la chasse au renard » furent alors introduits, après le dîner, dans les immenses salons et les messieurs se chargeaient de sonner leurs cors de chasse. Le « renard » ou plutôt les « renards » en question étaient les femmes. Elles se terraient dans d'étranges endroits et « s'abandonnaient » alors à qui parvenait à les capturer.

Ce qui se passait ensuite était beaucoup trop choquant pour des oreilles de jeunes femmes, mais certainement pas pour les filles du Cavalier, comme avait toujours été surnommé le colonel Robert Winterton. Son domaine était tout petit par rapport à celui de son voisin le marquis. Mais le domaine seigneurial du Petit Bunbury était connu comme le domaine du

Cavalier bien avant que les Winterton ne viennent y habiter : cela faisait maintenant plus de cent ans qu'ils l'occupaient.

L'avènement du jeune marquis, cinquième du nom, avait sans nul doute égayé le Petit Bunbury. Mais personne jusqu'alors ne l'avait rencontré.

Tout ce que l'on savait de lui n'était que rumeurs. Il n'avait pas passé son enfance à Shaw Hall comme cela aurait dû être le cas. Son père et sa mère s'étaient séparés alors qu'il était encore enfant. Rien n'était plus méprisable qu'un divorce. La marquise avait emmené son fils vivre chez ses parents dans le nord de l'Angleterre.

Il appartenait au corps diplomatique et allait d'ambassade en ambassade, préférant l'Extrême-Orient à tout autre endroit au monde. Il ne revenait au château que très rarement et pour de courts séjours, et n'avait pas du tout l'intention de s'y retirer lorsqu'il hériterait du titre de son père.

Ce château était occupé par deux vieilles tantes qui n'étaient pas mariées. Elles étaient devenues beaucoup trop vieilles pour songer à se distraire, et, de fait, l'endroit était fort peu joyeux.

Les gens du pays espéraient vivement que les choses changent avec l'arrivée du marquis.

Evidemment, de nombreuses rumeurs avaient été colportées à son propos. Il était particulièrement beau, profitait de la vie nocturne londonienne et était un excellent meneur à la chasse à courre. « C'est ce que nous verrons lorsqu'il ira chasser », lançait avec excitation Lucille.

Mais en fait elle allait être déçue car lorsque la saison de la chasse arriva, l'on apprit que le marquis avait ouvert son propre pavillon de chasse dans le comté de Leicester. Il avait réussi à constituer la plus belle meute de tout le comté : le Petit Bunbury du comté de Hertford aurait du mal à rivaliser !

Après qu'on eut longtemps espéré connaître le mystérieux propriétaire, le marquis arriva. Il se rendait compte que Shaw Hall n'était pas si loin de Londres et que c'était un endroit merveilleux pour y passer le week-end. La première réception était attendue avec impatience : l'on pensait que le marquis convoquerait tous ses métayers, les paysans espéraient pouvoir lui parler de leurs récoltes, et les bergers de leurs troupeaux.

Les palefreniers, malgré leur grand âge, imaginaient encore voir leurs écuries se remplir de magnifiques chevaux. Ce souhait devint réalité.

Lucille avait écouté avec ravissement la description des chevaux qui étaient des pur-sang et qui, tous, avaient coûté des sommes astronomiques.

Bien que n'ayant rien dit de ses intentions à sa sœur Delia, elle s'était précipitée vers les écuries dès que le marquis était reparti pour Londres. Et à force de minauder, elle avait amené le palefrenier Hanson, au domaine depuis quarante ans, à lui présenter ses nouveaux locataires.

— Ils sont absolument magnifiques, Delia ! s'exclama-t-elle. Tu n'as sûrement jamais vu d'aussi beaux chevaux !

Sa sœur la sermonna de s'être rendue au château sans y être conviée. De ce fait, Lucille ne lui raconta rien des visites qui suivirent.

Maintenant qu'elle voyait le marquis monter l'un des chevaux qu'elle avait le plus admiré, elle ajouta :

— Que diriez-vous d'une petite course ? Du fond du champ, nous pourrions sauter ces trois obstacles, passer derrière ce massif de rhododendrons et retourner à notre point de départ.

Elle montra du doigt le circuit, puis le marquis demanda :

— Quel en est l'enjeu ?

— Une promenade sur l'un de vos chevaux ! répliqua Lucille.

— Je pense à quelque chose de bien plus excitant que cela, répondit le marquis, mais je vous en parlerai lorsque j'aurai gagné !

— N'en soyez pas si sûr ! dit-elle.

Ils se placèrent alors à l'endroit qu'elle avait choisi comme point de départ et s'élancèrent pour une formidable chevauchée. Lucille eut le sentiment en franchissant la dernière clôture juste derrière le marquis qu'elle ne s'était jamais autant amusée. Mais, comme il lui avait été difficile de suivre le jeune homme !

Cette course avait été extraordinaire jusqu'à la fin.

— Vous montez mieux que toutes les femmes que j'ai rencontrées jusqu'alors ! s'exclama le marquis.

— Merci, répondit Lucille quelque peu haletante, mais savez-vous que ma sœur se débrouille encore mieux que moi ?

— Si en plus vous me dites qu'elle est plus jolie que vous, je ne vous croirai jamais !

— Parfaitement ! Un jour peut-être, consentirez-vous à faire sa connaissance ?

— Me laisseriez-vous croire que j'aurais dû vous rencontrer plus tôt ?

Lucille se mit à rire.

— C'est également ce qu'auraient souhaité bon nombre de personnes vivant dans le voisinage.

— Nous voilà maintenant revenus à notre point de départ, renchérit le marquis ; permettez-moi de vous dire à quel point je suis heureux d'avoir fait votre connaissance.

— Je tiens cependant à vous faire savoir, Monseigneur, dit Lucille d'une manière compassée, que nous n'avons pas été présentés officiellement.

— Maintenant, c'est beaucoup trop tard, répondit le marquis, et comme j'ai gagné la course, vous me devez un gage : je vous le dévoilerai ce soir lorsque nous dînerons ensemble.

— Organisez-vous réellement une réception ce soir ?

— Absolument, rétorqua le marquis. J'avais l'intention de retourner à Londres, mais si vous acceptez mon invitation, rien ne m'obligera à repartir.

Lucille resta bouche bée.

— Etes-vous en train d'insinuer... que nous dînerons... seuls ?

— Parfaitement ! J'ai mille choses à vous dire et ce serait totalement impossible si une multitude d'individus nous écoutaient.

Lucille esquissa un léger sourire.

— Je voudrais, Monseigneur, vous remercier de votre aimable invitation mais, malheureusement, j'ai le regret de vous dire que ce soir j'ai un autre engagement.

— Que voulez-vous dire ? s'enquérit le marquis.

— Si c'est la vérité que vous souhaitez entendre, je ne serai jamais autorisée, et ce en aucun cas, à dîner seule avec le marquis de Shawforde dont la réputation n'est plus à faire !

— Je n'ai jamais entendu de pareilles sornettes et je veux absolument que nous nous voyions !

Lucille ne répondit point, et après un court instant, en se rapprochant d'elle, le jeune homme lui dit :

— Etes-vous réellement en train de me dire que je n'aurai pas l'honneur de vous accueillir ce soir ?

Lucille baissa les yeux.

— Après ce que nous avons entendu à votre propos, je vous assure que lorsque vous apparaissez dans la région, toutes les mères cachent leurs filles et les maris protègent leurs épouses !

Le marquis renversa la tête et éclata de rire.

— Ma réputation est-elle aussi mauvaise que cela ?

— Bien pis, répondit franchement Lucille.

Il tira alors les rênes de son cheval ; sans s'en rendre compte, elle en fit autant.

— Qu'allons-nous faire ? demanda-t-il. Je veux absolument vous revoir, ma chère Lucille.

C'est alors que leurs yeux se rencontrèrent. Et ni l'un ni l'autre ne purent détacher leurs regards. Puis Lucille dit :

— C'est à vous de voir, Monseigneur ! Au revoir et merci !

Avant que le marquis ait eu le temps de réaliser ce qu'elle était en train de faire, elle s'éloignait déjà en galopant.

Elle se faufilait à travers les arbres avec une telle habileté qu'il comprit qu'elle avait l'habitude d'emprunter ce sentier presque invisible qui conduisait à l'une des entrées du village.

Le marquis ne la suivit point. Il la regarda simplement jusqu'à ce qu'elle ne fût plus à portée de vue.

Puis, lentement, il s'en retourna à travers le parc vers sa demeure.

Lucille atteignit le manoir et se dirigea directement vers les écuries. Un palefrenier se précipita pour s'occuper de son cheval.

— Bonne promenade, mam'selle Lucille ! lui demanda-t-il.

— Délicieuse ! répondit-elle, et Swallow a sauté tous les obstacles comme s'il avait des ailes. C'est décidé, je l'emmène à la prochaine course.

— Vous avez raison, mam'selle Lucille, j'vous accompagnerai ! répondit le palefrenier.

Lucille sourit puis rentra à la maison.

C'était un vieux manoir, magnifique, construit sous le règne des Tudor. Il avait été agrandi puis aménagé au gré de tous ceux qui l'avaient occupé. La mère de Lucille l'avait redécoré de haut en bas lorsque son mari l'y avait emmenée après leur mariage. Depuis, très peu de choses avaient changé.

Lucille pénétra dans le grand salon du rez-de-chaussée où tout le monde avait l'habitude de se retrouver. De là, on pouvait admirer le magnifique jardin de roses dans lequel se cachait un cadran solaire. Sa sœur Delia, un vase à la main, était en train de composer un bouquet des premiers boutons du rosier favori de leur mère.

Elle leva la tête en entendant Lucille s'approcher. La ressemblance entre les deux sœurs était frappante mais leur personnalité et leur caractère totalement différents. Cela était visible dans leurs yeux, et pour quelqu'un de très perspicace, ça l'était également dans l'aura qui les enveloppait.

Delia était blonde elle aussi, mais ses yeux étaient plutôt gris, d'un gris très doux. Il y avait quelque chose en elle de mystérieux qui laissait transparaître une certaine réserve, à l'opposé de Lucille, à la fois exubérante et malicieuse.

Elle était superbe. Sa beauté était aussi frappante que l'éclat du soleil et aussi pure qu'un ciel sans nuages.

— Delia ! Delia ! Devine qui je viens de rencontrer ? s'écria-t-elle en franchissant le pas de la porte. Le marquis !

Delia se redressa, une rose à peine éclose à la main.

— Le marquis ? répéta-t-elle. Où l'as-tu rencontré ?

— Au champ de courses. Il est extrêmement beau et tout à fait charmant !

— Lui as-tu parlé ?

— Bien sûr, dit Lucille, et nous avons même fait la course. Il montait le plus beau cheval qui puisse exister ! Et naturellement, il a gagné !

— Je t'avais pourtant prévenue de ne plus aller te promener au champ de courses lorsque le marquis était au château, reprit Delia.

— Je ne connais pas d'autre endroit pour faire du cheval et tu le sais très bien, répliqua Lucille. De toute façon, il fallait bien qu'on le rencontre un jour ou l'autre. Je lui ai même dit que cela aurait dû se faire plus tôt.

— Lucille, tu ne lui as pas dit une telle chose ?

— Mais si, et en plus, il m'a même invitée à dîner !

Delia lâcha un petit cri avant de dire :

— Ecoute Lucille, je ne t'en avais jamais parlé auparavant parce qu'il paraissait peu probable que nous rencontrions le marquis. Mais maintenant que tu lui as parlé, il ne faut plus jamais recommencer.

— Mais pourquoi ? demanda Lucille.

— Tu connais aussi bien que moi la réponse, répliqua Delia. Son comportement a provoqué un véritable scandale et tout le monde dans le comté est outré par ce qui se dit sur ses fameuses réceptions.

— Tu n'y as jamais été invitée, répondit Lucille, aussi, comment peux-tu être sûre que ce qui est colporté au village n'est pas un tissu de mensonges ?

— Je suis tout à fait disposée à croire qu'il y a peut-être une part d'exagération et d'invention, admit Delia. Mais, plusieurs personnes l'ayant rencontré à Londres ont été horrifiées par son comportement.

— Eh bien, personnellement je l'ai trouvé tout à fait charmant, dit Lucille d'un ton provocant.

— Je pense, ma chérie, que tu es parfaitement incapable de juger ce genre d'homme.

— J'ai bien l'intention de dîner avec lui.

— C'est impossible ! objecta Delia, absolument impossible ! Tu sais que papa était scandalisé par son comportement à l'égard des pauvres gens.

— Peut-être pourrai-je le convaincre de mieux se conduire ?

Delia se mit à rire.

— Te voilà en train de te prendre pour l'une de ces héroïnes de ces romans ridicules dont tu es si avide !

— Et pourquoi pas ?

— Parce que la vie n'est pas un conte de fées et que les méchants ne deviennent pas meilleurs en l'espace d'une nuit. Tu sais très bien que cela n'arrive jamais dans la vie !

— Cela arrive peut-être, argua Lucille, mais nous n'en savons rien.

— J'ai bien peur que tu te trompes, dit Delia. De toute façon, la réponse est non !

— Tu es injuste et odieuse avec moi, protesta Lucille. J'aimerais tellement aller dîner au château, ne serait-ce que pour voir les transformations réalisées par le marquis depuis qu'il est revenu.

— Et ainsi, tout le village et tout le comté seraient horrifiés : c'est ce que tu recherches ? demanda Delia.

Lucille ne répondit point et sa sœur continua :

— Tu vas faire tes premières sorties cette année, ma chérie, et il est important que tu fasses bonne impression.

Sa voix devenait de plus en plus grave :

— Comment peux-tu espérer que les mères des jeunes filles de ton âge t'invitent à leurs soirées ou à leurs réceptions si ta réputation est mauvaise.

En voyant le visage de sa jeune sœur, Delia se rendit compte que celle-ci ne pouvait que lui donner raison.

— Ecoute, ma chérie, dit-elle, je reconnais que c'est frustrant pour toi de ne pouvoir être présentée à la Cour ce printemps, étant donné que nous sommes en deuil de papa.

Elle posa sa main sur le bras de Lucille et continua :

— Mais rassure-toi, ta marraine a dit qu'elle allait donner un bal en ton honneur au mois d'octobre : tu pourras ainsi accepter toutes les invitations que tu recevras.

— En attendant, renchérit Lucille d'un ton boudeur, je n'ai plus qu'à parler aux murs !

— Bien sûr que non, protesta Delia, mais j'avais l'intention de te parler des dîners que nous pourrions organiser.

— Pourrai-je inviter le marquis ?

— Non !

— Et pourquoi non ? Après tout, c'est notre voisin !

Delia se leva d'un bond et s'avança d'une façon très distinguée vers la cheminée.

— Tu sais très bien que je déteste entendre des commérages, dit-elle, mais il est impossible d'empêcher Flo ou n'importe quelle servante de parler.

Lucille savait qu'elle avait raison. Comme Delia venait de le dire, rien ne pourrait l'empêcher de parler.

— Flo a dit, continua Delia, que non seulement le marquis était très proche de madame Swinneton, qui est, dit-on, d'une très grande beauté, mais de plus le bruit court qu'il est sur le point de se marier, bien que l'on ne doive pas croire tout ce que l'on raconte.

Elle crut voir le visage de Lucille se durcir.

— Sur le point de se marier ? demanda-t-elle.

— Je n'écoutais pas vraiment, dit Delia, mais c'est avec quelqu'un de très important je crois, la fille d'un duc.

Il y eut un court silence puis Lucille dit d'une petite voix :

— Tu es en train de dire qu'il est impossible qu'une jeune fille de son village puisse l'intéresser.

— Je pense, ma chérie, que n'importe quel jeune homme s'intéresserait à toi, répliqua Delia. Tu es extrêmement jolie et très drôle, mais tu sais que le marquis ne te choisira jamais pour épouse.

— Pourquoi ? demanda sèchement Lucille.

— Parce que, ma chérie, les aristocrates ne se mélangent qu'entre eux et leurs mariages sont arrangés de la même manière que le sont ceux de la Cour.

— Donc pour épouser un marquis, il faut être la fille d'un duc ou d'un marquis !

— Exactement, ajouta Delia, et habituellement la contribution de l'épouse au mariage est très importante.

— Qu'est-ce que cela signifie ?

— Cela signifie que la mère du marquis était très riche, mais, comme tu l'as appris, son mariage n'a pas été heureux.

— Pourquoi a-t-elle quitté son mari ? demanda Lucille.

— Honnêtement, je n'en sais rien, sauf que papa disait toujours que c'était un homme désagréable, entêté ; et comme tu le sais, papa et lui ne se sont jamais parlé jusqu'à la fin de leurs jours.

Lucille laissa échapper un soupir d'exaspération.

— C'est incroyable, dit-elle. Je suis là sans rien faire et sans connaître personne à qui parler ! Et lorsque je rencontre un beau et charmant jeune homme, je m'entends dire que je ne peux pas le revoir !

— Je suis navrée, ma chérie, ajouta Delia, c'est simplement parce que je t'aime et souhaite que tu débutes bien dans la vie, et je ne veux pas que quiconque, en l'occurrence le marquis, gâche ton existence.

D'un bond, Lucille se leva de sa chaise.

— Je comprends parfaitement, Delia, dit-elle, oui parfaitement ! et je sais ce que tu penses de moi. Mais tu dois reconnaître qu'il n'y a guère de jeunes hommes actuellement dans notre entourage.

Elle continua sur un ton sarcastique :

— Ils sont soit du même âge que moi, mais stupides et inintéressants, soit vieux comme Hérode !

Delia sourit.

— Tout va changer lorsque tu iras à Londres, alors je t'en prie, ma chérie, prends patience ! Tu sais tout comme moi qu'une présentation à la Cour par le marquis de Shawforde serait très mal acceptée au sein de la haute société.

Lucille ne put s'empêcher de rire.

— Mais comme j'ai l'impression que cette fameuse haute société est particulièrement exigeante et pompeuse, et absolument ennuyeuse, je préfère la compagnie du marquis ; avec lui au moins, je pourrai m'amuser !

— Oh, Lucille, je t'en prie ! implora Delia.

Mais déjà sa sœur avait quitté la pièce. Elle l'entendit traverser le couloir. Elle poussa un léger soupir et termina de composer son bouquet.

Elle était en train de penser qu'elle avait hâte que leur cousine arrive pour les chaperonner.

A la mort de leur père, elle avait cru que la présence d'une femme plus âgée n'était pas réellement nécessaire à la maison. Mais maintenant que Lucille avait terminé ses études, elle avait peur que l'on trouve étrange de voir deux jeunes femmes vivre seules au manoir.

Delia s'était occupée de son père avec dévotion durant les deux dernières années de sa vie, ce qui signifiait qu'elle n'avait jamais été une « débutante » dans toutes les acceptions du terme. Aucune réception, aucun bal ne fut donné en son honneur et elle allait bientôt avoir vingt et un ans. Elle pensait qu'elle était suffisamment forte pour s'occuper de sa jeune sœur au caractère impétueux. Mais maintenant, elle n'était plus vraiment sûre d'elle. Elle savait que Lucille était adorable et pouvait attirer n'importe quel homme dès l'instant où il la rencontrerait et, depuis qu'elle avait quitté son école en France, sa timidité avait totalement disparu.

Elle avait également acquis un certain équilibre et un éclat, inhabituel chez les jeunes filles anglaises de cet âge. « Elle va avoir énormément de succès à Londres », pensa-t-elle.

Delia n'avait, quant à elle, jamais pu faire son entrée dans le monde. Elle en avait abandonné l'idée pour mieux se consacrer à son père. Maintenant elle s'inquiétait et voulait empêcher Lucille d'être maladroite et de gâcher son existence, ce qui serait le cas si elle fréquentait un homme dont la conduite serait incorrecte, que ce soit au Petit Bunbury ou même à Londres.

Delia se souvint de la lettre qu'elle avait reçue d'une de ses cousines qui lui avait promis de s'occuper de Lucille lorsqu'elle irait à Londres, chez sa marraine. Elle lui avait donc écrit pour lui faire part de ce qu'elle avait organisé :

« ... Naturellement je ferai tout ce que je peux pour Lucille, mais il serait préférable qu'elle vive avec madame Morgan que tout le monde admire ici et qui organise des réceptions somptueuses.

« J'ai été invitée à l'une d'entre elles. Je n'oublierai jamais à quel point tous les invités étaient remarquables : c'est là que j'ai rencontré le très honorable prince espagnol mais je t'en parlerai une autre fois. J'ai cependant appris qu'il avait mauvaise réputation, et à ce propos, je dois te dire que votre voisin, le marquis, a réussi également à choquer plusieurs personnes de la haute société !

« Elles prétendent que les dames l'ont rayé définitivement de leurs listes d'invités, mais naturellement, celui-ci ne s'en préoccupe guère et continue à évoluer avec son aisance habituelle.

« Beaucoup de choses ont été racontées sur son compte, ainsi que sur celui de madame Swinneton, une jeune femme si charmante que les gens se précipitent dans la rue uniquement pour la voir passer !

« D'aucuns disent même que Lord Swinneton a l'intention de provoquer le marquis en duel, bien que cela, comme tu le sais, soit interdit de nos jours.

« Malheureusement, madame Swinneton n'est pas la seule concernée ! Ce cher monsieur aurait escaladé jusqu'à la fenêtre de la chambre à coucher d'une demoiselle très belle et d'une famille très connue pour s'apercevoir qu'elle n'était pas seule !

« Je te raconterai tout cela lorsque nous nous verrons. En attendant, dis à Lucille que je me charge de lui trouver quelque beau et jeune cavalier.

« Je vous embrasse bien tendrement toutes les deux... »

Delia soupira en repensant à cette lettre : elle avait été rassurée de savoir qu'il y avait plusieurs personnes prêtes à aider Lucille lorsqu'elle irait à Londres.

Par contre, elle avait été déçue d'apprendre que son voisin avait un comportement aussi détestable. Il y avait tant de choses à faire au village. Le vieux marquis avait été un être désagréable et horriblement avare. Elle avait espéré après sa mort que son fils n'agirait pas de la même manière en le remplaçant.

Mais il était évident que le nouveau marquis ne s'intéressait pas le moins du monde à ses propriétés et encore moins aux nombreuses personnes qui étaient au service de sa famille depuis des générations.

Delia était parfaitement consciente, en vivant en permanence à la campagne, que tous ici avaient besoin de soutien et d'encouragement. Ils souhaitaient que quelqu'un s'occupât d'eux et leur prodigue des conseils.

C'était son père qui lui avait expliqué combien l'agriculture était une activité ingrate. Personne n'était jamais certain que le mauvais temps ne détruirait pas les récoltes, qu'il n'y aurait pas de chutes de neige au printemps, à l'arrivée des agneaux, que la sécheresse ne surviendrait pas, que les pluies trop importantes ne provoqueraient pas de véritables désastres. Cependant, même le plus habile des fermiers appréciait, dans ces moments pénibles, de se sentir soutenu par son seigneur.

« Qui aura le courage, pensa-t-elle, d'expliquer tout cela à un jeune fainéant qui ne pense qu'à s'amuser de manière éhontée ? »

Cela confirmait qu'elle devait s'occuper de Lucille. Comment aurait-elle pu imaginer un seul instant que le marquis puisse s'immiscer dans leur quiétude et leur sérénité ?

— S'il décide de vivre ici, j'emmènerai Lucille ailleurs, décida-t-elle.

En fait, elle était persuadée qu'elle se faisait des idées : les hôtes du marquis étaient tous partis, comme le lui avait dit Flo, la servante, en venant travailler ce matin. Il y avait donc très peu de chances qu'il restât seul au château, Lucille ou pas Lucille. Qu'il l'ait invitée à dîner semblait cependant étrange. Comment imaginer son comportement face à une jeune fille aussi pure ?

Delia était horrifiée par ses propres pensées.

Elle arrangea quelques roses dans le vase puis sortit du salon et grimpa en toute hâte l'escalier pour rejoindre Lucille.

2

Lentement, Lucille monta la côte sur son cheval, en direction de « La Folie », bâtie au sommet de l'une des collines qui surplombait le comté de Shaw.

Cette demeure avait été construite par le marquis, deuxième du nom, célèbre pour son excentricité. En effet, la bâtisse possédait une grande tour, pas très large, qui ressemblait à un phare. Bien que l'on ne sût jamais pourquoi, les fenêtres dissimulées par un treillis donnaient à la partie inférieure un cachet oriental. A l'intérieur, il y avait une statue de Krishna, le dieu indien de l'Amour.

C'était l'endroit idéal où, depuis des décennies, les enfants venaient jouer à cache-cache derrière les buissons. Ils escaladaient ensuite l'escalier de pierre qui s'enroulait jusqu'au sommet d'où ils avaient une vue imprenable sur toute la campagne.

Malgré les recommandations de Delia, Lucille avait revu à plusieurs reprises le marquis, au champ de courses. Lors d'une de leur rencontre, il lui avait dit :

— Puisque vous ne voulez pas dîner avec moi, je connais un endroit où nous pourrions déjeuner seuls, sans que personne ne le sache.

— Vous seriez très fort si vous parveniez à trouver un endroit à l'abri des regards indiscrets, répondit Lucille.

Disant cela, elle regarda avec appréhension par-dessus son épaule.

— J'en connais un qui l'est ! dit le marquis d'un ton triomphant ! Il s'appelle « La Folie ».

Lucille le regarda, l'air étonné, puis se mit à rire.

— C'est sûrement une bonne idée !

— J'ai entendu dire que mon père avait froissé beaucoup de gens en le fermant au public et par conséquent, si nous y allions, nous aurions peu de chances d'y rencontrer quelqu'un.

— C'est vrai, reconnut Lucille, et c'est pour cela que j'irai.

Déjà lorsque le marquis l'avait suppliée de la retrouver de bonne heure au champ de courses, elle avait été incapable de lui dire « non » et elle avait fini par accepter.

— On m'a dit que vous vous entraîniez fort tôt. Par conséquent, personne ne serait surpris de vous y rencontrer. Alors si par hasard, au même moment, j'y promène mon cheval, cela ne serait pas un crime si nous nous y rencontrions fortuitement !

En fait, il n'y avait rien de prémédité dans tout cela. Le seul hasard s'était produit le premier matin, lorsque Delia avait dit à Lucille qu'elle ne devait en aucun cas revoir le marquis. Elle avait été très stricte et lui avait en même temps exposé tout le tort qu'il pouvait lui faire.

Cependant, dès que Delia l'avait quittée, Lucille s'était assise en pensant combien le marquis était beau et drôle à la fois.

A l'école, elle avait toujours trouvé indécent que les autres élèves relatent les aventures amoureuses qu'elles avaient eues pendant leurs vacances.

Toutefois, force était de reconnaître que les jeunes gens du voisinage avaient très peu d'occasions de s'amuser au Petit Bunbury. Lucille se devait donc de rester très discrète. Maintenant, elle regrettait presque de ne plus y retourner pour pouvoir parler du marquis : elle était certaine que toutes ses amies l'auraient enviée.

« Je veux absolument le revoir », se dit-elle dans l'obscurité. En s'endormant, un souffle de rébellion l'habita.

Lucille se réveilla de bonne heure, beaucoup plus tôt que d'ordinaire, et sortit tout de suite de son lit. Derrière sa fenêtre, le soleil brillait et les oiseaux gazouillaient. Elle décida d'emmener Swallow, son cheval préféré, pour s'entraîner à passer les obstacles.

« Ce n'est pas parce que Delia ne veut pas que

je rencontre le marquis qu'il faut que je néglige mes chances de gagner le prochain concours ! » pensa-t-elle.

Dans le comté, ce concours était un événement attendu par tous les fermiers des environs et par tous leurs propriétaires. Dans la course réservée aux dames, il y avait toujours un certain nombre de cavalières chevronnées ; cette année, Lucille était déterminée à gagner.

Elle se leva, enfila rapidement son chemisier et sa tenue d'amazone : il faisait trop chaud pour mettre une veste. En guise de coiffure, elle tressa ses longs cheveux blonds et les enroula en un superbe chignon. Après s'être regardée brièvement dans le miroir, elle dévala l'escalier le plus silencieusement possible.

Elle ne voulait en aucun cas réveiller sa sœur qui, une fois de plus, lui aurait dit de ne pas revoir l'affreux marquis.

— Si jamais tu le rencontres, lui avait dit fermement Delia, reste polie, et rentre immédiatement à la maison.

« De toute façon, il était peu probable qu'il fît du cheval à cinq heures du matin », pensa Lucille. Mais en même temps, elle ne pouvait s'empêcher d'espérer que ce fût le cas.

En effet, contre toute attente, il était déjà au champ de courses. Comme elle se dirigeait vers lui, il retira son chapeau. Elle le trouva encore plus beau que le jour de leur première rencontre.

— Je ne pensais pas vous voir si tôt ! dit-elle en se rapprochant de lui.

— J'étais sûr que vous penseriez cela, répliqua-t-il.

Leurs regards se croisèrent : ils n'eurent pas besoin de se parler. Puis il ajouta simplement :

— Il fallait absolument que je vous voie !

Lucille détourna son regard et dit :

— Ma sœur m'a interdit de vous revoir.

— Je m'y attendais, mais... vous saviez que nous devions nous revoir ?

— Oui, mais je n'aurais pas dû !

— Pourquoi dites-vous cela ?

— Parce que Delia prétend que vous nuirez à ma réputation et que plus jamais personne ne m'invitera à un bal lorsque je serai à Londres.

Il y eut un silence puis le marquis ajouta :

— Voulez-vous réellement que je m'en aille ?

Lucille était sur le point de dire que c'était ce qu'il avait de mieux à faire. Mais en regardant ses yeux, elle ne sut plus quoi dire.

— Maintenant, écoutez-moi, dit-il, je n'ai nullement l'intention de vous blesser et vous jure de ne jamais le faire ; j'ai pensé à vous toute la nuit sans pouvoir dormir, et je suis venu ici dans l'espoir de vous revoir !

Lucille allait ouvrir la bouche lorsqu'il ajouta :

— Il faut absolument que je vous parle, que je vous regarde, car nous avons mille choses à découvrir l'un de l'autre !

Il parla sur un ton si séduisant que toutes les fermes résolutions de Lucille s'envolèrent. Ils se mirent ensuite à faire la course ; cette fois encore, le marquis fut victorieux. Ils décidèrent donc d'échanger leurs montures et ce fut Lucille qui alors gagna, mais d'une encolure seulement. Elle était folle de joie.

Le marquis revint à sa hauteur.

— Si nous devons nous revoir sans que cela se sache, dit-il, je me dois de vous quitter.

Lucille retint un cri de consternation et le marquis continua :

— Je souhaiterais vous revoir aujourd'hui ; où pouvons-nous nous rencontrer ?

— Mais c'est absolument impossible !

Néanmoins, Lucille laissa échapper :

— Je sais que ma sœur doit voir le pasteur à trois heures et demie.

Et c'est ainsi que tout commença. Le lendemain à l'aube, ils chevauchaient ensemble, et firent de même les jours suivants, persuadés que personne ne les verrait. Dès qu'ils le pouvaient, ils se retrouvaient en fin d'après-midi, dans un petit bois très touffu. C'est là qu'un soir le marquis lui suggéra qu'ils pourraient déjeuner à « La Folie ». Ce nom lui sembla si drôle que Lucille ne sut refuser.

Elle raconta alors à Delia qu'elle allait rendre visite à une lointaine amie de son âge, dont le père était le grand shérif du comté.

— Cela va te faire du bien, ma chérie, lui dit Delia ; par la même occasion, invite Hélène à dîner mercredi prochain, nous en profiterons pour organiser une petite soirée.

— Je lui en parlerai, acquiesça Lucille.

— Je pense que Thimothée Bladen sera chez lui, ajouta Delia. Nous pourrions aussi lui demander de venir.

Lucille esquissa une légère moue, mais sa sœur ne s'en aperçut point. Elle se mit à faire la liste de tous les jeunes hommes qui habitaient dans le voisinage. Puis elle entreprit de rédiger les cartons d'invitation.

Vêtue de sa plus belle tenue d'amazone et d'un chapeau qui lui donnait une allure cérémonieuse, Lucille quitta le manoir à onze heures trente. Elle était très élégante et extrêmement jolie, ce qui surprit Delia. Elle se demanda alors si elle n'aurait pas dû la faire accompagner par l'un des deux fidèles valets d'écurie qui s'occupaient de leurs chevaux depuis de très nombreuses années.

Lucille avait toujours eu l'habitude de se promener seule à cheval, même lorsqu'elle était enfant et du fait qu'elle était connue de tout le monde au pays, elle se déplaçait en toute sécurité. Néanmoins, elle se devait maintenant de respecter le protocole.

« Je crois, se dit Delia, que je devrais engager un jeune palefrenier, maintenant que Lucille n'est plus une petite fille. »

Cette idée lui traversa l'esprit, mais il y avait une multitude de petites choses dont elle devait s'occuper à la maison depuis la disparition de leur mère, et elle n'y pensa plus.

Lucille ne se pressa point car elle savait qu'il lui fallait peu de temps pour aller jusqu'à « La Folie » et elle ne voulait pas attendre le marquis trop longtemps. « Il est sûrement déjà arrivé », se dit-elle. Tout ce que ses amies lui avaient raconté à l'école sur la façon de séduire un homme lui revenait à l'esprit : « Ne jamais donner l'impression de vouloir conquérir un homme, mais plutôt se laisser désirer. Comment ? avait demandé une autre jeune fille. Tout simplement en restant distante ! avait répliqué une jeune Française, c'est ma sœur qui me l'a dit ! Je croyais que ta sœur était mariée, avait renchéri une autre voix. Elle l'est, avait-elle lancé, mais son mariage a été arrangé par nos parents ; bien qu'elle soit très attirée par son mari, elle n'en est pas amoureuse ! »

Les jeunes filles écoutaient, fascinées, lorsque Lucille avait demandé :

« Es-tu en train de nous dire que des jeunes hommes lui font la cour alors qu'elle est mariée ? Absolument ! avait répliqué la jeune Française. A Paris, sa maison est remplie de jeunes garçons qui lui écrivent des poèmes, lui font secrètement parvenir des lettres d'amour par l'intermédiaire de sa femme de chambre. L'un d'eux a même provoqué en duel un homme qui la déshonorait ! »

Tout cela semblait délicieusement romantique mais Lucille n'avait jamais cru un instant que cela pût lui arriver.

« Je veux m'assurer qu'il ne me trouve pas trop pressée, voire immorale comme toutes ces femmes du château que Flo décrit », se dit-elle.

Elle n'avait eu aucun mal à soutirer des informations à Flo concernant les réceptions que donnait le marquis.

— J'n'ai jamais rien vu d'pareil, mam'selle Lucille, disait Flo, mais j'n'vous en dirai pas plus !

Et évidemment, elle se mettait à raconter tout ce qui s'était passé, avec même beaucoup d'imagination et d'exagération.

Lucille considéra que ces soirées étaient extrêmement agitées. Celles-ci devaient être très différentes des soirées sombres et mélancoliques qui s'étaient toujours déroulées au château. Le marquis était un homme jeune, et elle comprenait parfaitement qu'il ait envie de s'amuser bien que tout le village considérât cela comme un outrage. Lucille saurait être suffisamment raffinée pour éviter qu'on ne l'assimilât à toutes ses invitées telles que ces femmes qui dansaient soi-disant en chemise de nuit sur le toit et se laissaient glisser jusqu'au bas de la rampe d'escalier, dévoilant ainsi une partie de leur féminité.

Ayant vécu à Paris, elle avait ainsi une bien meilleure idée que Delia de tout ce qui pouvait se passer au cours de telles soirées. Elle pensait, sans en être totalement certaine, que les femmes en question n'étaient autre que la version anglaise des courtisanes françaises.

A l'école, bien que les jeunes filles ne connussent rien de ces créatures peu convenables, elles n'arrêtaient pas d'en parler. Elles répétaient ce que disaient leurs frères, leurs cousins, leurs oncles, parfois leurs pères. Il leur était arrivé de trouver des photos de ces femmes dans des magazines ou des journaux. Et Lucille pensa alors qu'il n'y avait rien de commun entre une courtisane et une véritable dame.

Ce que lui avait confié Delia à propos des fiançailles du marquis la rendait méfiante. Et si elle ne se montrait pas prudente, il ne saurait pas trouver en elle la véritable demoiselle. Après tout, elle était la fille du colonel Winterton et personne d'autre qu'elle n'était aussi fière de ses origines. Elle admit cependant que la lignée du marquis de Shawforde était juste en dessous de celle de la famille royale. Par conséquent, quiconque se trouvait à un niveau inférieur au sien avait une considération moindre de sa part. Telle était probablement l'attitude des aristocrates français. Lucille avait appris que la moitié des élèves de son école proche de Paris connaissait déjà l'époux qui leur avait été destiné. Il était de règle que les véritables lignées ne soient pas dégradées par n'importe quel mélange de sang. Cette règle qu'elle avait admise pour les étrangers la choquait dans son propre pays.

Elle approchait de « La Folie », sachant pertinemment qu'elle était en train de faire l'école buissonnière et qu'elle allait décevoir Delia qui l'aimait tendrement.

Mais en même temps, elle était fermement décidée à se voir traitée avec respect par le marquis.

« Nous ne faisons rien de mal, se dit-elle pour se donner bonne conscience. Je trouve tout simplement qu'il est très agréable d'être en compagnie d'un charmant jeune homme plutôt que de ne rien faire jusqu'à ce que j'aille à Londres. » Comme elle se rapprochait du lieu du rendez-vous, elle aperçut le cheval du marquis attaché à un arbre. Son cœur se serra en pensant qu'il était là : il l'avait très certainement regardée monter la colline.

Lorsqu'elle atteignit le sommet, il sortit d'un fourré, et alors qu'il l'aidait à descendre de son cheval, elle eut un frisson qui parcourut tout son être. Les mains du jeune homme semblèrent s'attarder sur sa taille plus longtemps qu'il ne le fallait.

— Vous êtes venue ! dit-il. J'ai eu si peur que quelqu'un ne vous en empêche !

— J'ai dû mentir et j'en suis très contrariée, répondit Lucille, car c'est une chose dont j'ai horreur !

— Vous êtes ravissante ! dit-il. Tellement ravissante que j'ai peur, lorsque je vous vois, que vous ne soyez qu'un rêve.

— Je suis bien vivante et en plus, je suis affamée ! rétorqua Lucille en souriant. Je me demande comment nous allons pouvoir déjeuner ici sans que personne ne nous voie.

— J'ai pris mes précautions, dit le marquis avec suffisance, car j'ai dit à mon maître d'hôtel que j'avais l'intention de partir à la découverte de mes propriétés et que je ne savais pas si j'allais trouver quelque chose à manger. J'ai ordonné au chef cuisinier de me préparer un panier, que je puisse éventuellement partager avec un fermier ou quelque autre personne que je pourrais rencontrer.

Lucille se mit à rire, et il ajouta :

— Vous devriez me féliciter. Allez voir ce qui nous attend !

Elle se dirigea alors vers l'entrée de « La Folie ». Le déjeuner était installé sur le socle de marbre où dansait Krishna. Il y avait là du caviar, du foie gras, des aspics de volaille et une grande variété de fromages. Le chef cuisinier savait que tout cela conviendrait à des hommes et avait ajouté une bouteille de champagne !

— C'est un véritable festin de roi ! s'exclama Lucille.

— Et de reine ! ajouta le marquis.

C'était ainsi qu'elle rêvait qu'il la traitât.

Puis elle se sépara de sa veste et de son chapeau car il faisait chaud à présent.

— Qu'avez-vous fait depuis la dernière fois que nous nous sommes rencontrés ? lui demanda-t-elle.

Elle sentit, en lui parlant, que les yeux du marquis détaillaient les moindres traits de son visage et cela la gênait pour s'exprimer.

— J'ai passé mon temps à vous attendre, répliqua le marquis.

— J'en suis très flattée, mais j'espère cependant que vous avez écouté et bien appliqué ce que je vous ai dit hier.

— A propos des fermiers et des gens du comté ? interrogea le marquis. J'en ai rencontré un ce matin. Un homme charmant, un certain Jakson. Il m'a parlé de ses ennuis et je lui ai promis de l'aider à rénover ses dépendances et à réparer le toit de sa ferme.

Lucille joignit les mains en signe de remerciement.

— C'est merveilleux ! Je suis sûre que tout le monde sera très agréablement surpris ; il y a tellement à faire.

Elle pensa alors qu'elle avait été très convaincante. Sans éveiller ses soupçons, elle avait réussi à obtenir de Delia qu'elle lui dise ce qu'il y avait de plus urgent à faire dans le comté. Elle n'avait pas eu beaucoup de mal à la faire parler. Lucille savait que si le marquis s'occupait de ses fermes et du comté, ce serait un excellent prétexte pour rester au château.

Flo avait dit clairement qu'il réalisait de très bonnes affaires et c'était la raison pour laquelle il était satisfait de demeurer seul au château.

— Mam'selle Lucille, lui avait-elle dit, vous n'trouvez pas qu'c'est étrange ; il restait presque jamais ici auparavant. Madame Geary pense qu'il a peut-être eu un chagrin d'amour, mais c'qui est sûr, c'est qu'il pourra jamais épouser une de ces créatures qu'il invitait.

— Pourquoi ? lui avait demandé Lucille innocemment.

— Parce que ce n'est pas du tout le genre de femmes que sa mère aurait voulu qu'il fréquente, avait ajouté Flo, toutes des « Marie-couche-toi-là » !

Comme d'habitude, Flo avait parlé sans réfléchir.

Puis réalisant qu'elle avait peut-être été indiscrète, elle s'était retournée pour attiser le feu dans la cheminée.

Lucille s'assit alors et s'exclama :

— Je dois avouer que je suis très gourmande ! Pouvons-nous commencer ?

— J'aimerais tellement pouvoir vous peindre ! dit le marquis. Je réalise que c'est l'endroit idéal pour une rencontre.

— Pourquoi idéal ? demanda Lucille tout en se servant du caviar.

— Parce que c'est un des temples du dieu de l'Amour !

Lucille posa les yeux sur ce dieu dansant qui personnifiait toujours la joie et la jeunesse auxquelles le peuple indien l'avait associé.

— Cette divinité est peut-être en train de nous bénir, dit le marquis.

— J'en doute, rétorqua Lucille. Elle doit être très choquée car je ne me comporte pas comme je le devrais !

— Ne dites pas de sottises ! renchérit le marquis.

— Cette nuit, continua-t-elle, je pensais que Delia avait raison. Si l'un de nos voisins venait à savoir que je suis là, il en serait outré !

— Qui diable pourrait le savoir ?

— Même les oiseaux et les abeilles papotent dans la campagne, et à vrai dire, cela m'effraie !

— Etes-vous en train de me dire que vous ne voulez plus me revoir ? demanda-t-il d'une voix étrange.

— Pas du tout, au contraire, j'ai envie de vous voir, répliqua Lucille. Sans vous, la vie serait horriblement monotone et ennuyeuse, mais en même temps,il faut que je sois... pragmatique !

— Quel mot ennuyeux, soupira-t-il, tout comme le sont : sage, raisonnable, et naturellement devoir !

Lucille ne put s'empêcher de rire. Tout en savourant cet agréable déjeuner et en ayant presque bu tout le champagne, elle avait l'étrange sentiment de jouer avec son avenir.

Une fois le repas terminé, Lucille lança les restes aux oiseaux afin qu'ils puissent, eux aussi, se délecter. Pendant ce temps, le marquis enfouit la bouteille de champagne dans un buisson pour éviter que quelqu'un ne la trouve. Puis, comme Lucille retournait chercher sa veste et son chapeau, le marquis la suivit et lui dit :

— Dites-moi si vous avez apprécié notre pique-nique ?

— Enormément !

— Nous pourrions en faire d'autres si vous le souhaitez ! déclama le marquis sur un ton passionné.

Elle tourna la tête pour échapper à son regard et resta devant la fenêtre. Elle regarda un moment en direction du soleil puis ajouta :

— Je pense qu'il est temps que vous retourniez à Londres.

— Mais je n'ai aucune intention de vous quitter !

Après un court instant, il s'exclama :

— Par pitié, Lucille, vous savez que je vous aime ! Je n'arrive pas à penser à autre chose qu'à vous, et lorsque vous n'êtes pas avec moi, votre image me hante !

Lentement, elle tourna la tête vers lui.

— Que... dites-vous ?

— Dois-je vous le redire ? répondit-il. Je vous aime et je désire, comme jamais je ne l'ai désiré de ma vie, vous embrasser !

Comme il ouvrait les bras, elle se recula.

— Non !

— Pourquoi non ?

— Parce que... personne ne m'a jamais embrassée... et je sens que ce serait... une bêtise !

— Une bêtise de la part de qui ? demanda le marquis.

— De ma part... car comme nous sommes... seuls...je dois... savoir me tenir.

— Comment pouvez-vous dire de telles choses ? demanda le marquis. Je m'occuperai de vous et vous promets de ne vous faire aucun mal. Je vous aime, Lucille, et je veux vous avoir à mes côtés !

Mais alors qu'il essayait de l'enlacer, Lucille s'esquiva.

Elle ramassa sa veste et son chapeau et se dirigea vers la porte.

Il ne la suivit point et se contenta de la regarder sortir. Cependant, avant qu'elle ne fût dehors, il s'exclama :

— Où allez-vous ?

— Je rentre !

— Pourquoi ?

Elle marqua une pause, puis se retournant vers lui, ajouta :

— Parce que, répondit-elle posément, ce qui était auparavant drôle et excitant devient maintenant sérieux... et je sens que ce serait... une erreur !

— En ce qui me concerne, cela n'est absolument pas une erreur, répliqua le marquis, et je sais parfaitement ce que vous allez me dire et ce que vous pensez.

Son regard se posa sur le sien et tous deux se regardèrent sans bouger. Puis, très sereinement, le marquis rajouta :

— Je ne l'ai jamais dit auparavant et je vous le demande Lucille. Acceptez-vous de m'épouser ?

La porte à double battant s'ouvrit et le majordome annonça :

— Lord Kenyon Shaw, Madame !

La comtesse de Dulwich se leva et laissa échapper un petit cri à la vue de son frère.

— Kenyon ! s'exclama-t-elle, j'ai appris hier soir que tu étais de retour, tu ne peux pas savoir à quel point j'en suis ravie !

Ils s'approchèrent l'un de l'autre, Lord Kenyon embrassa sa sœur sur la joue et lui dit avec un léger sourire :

— Que se passe-t-il ? Dans ta lettre, tu me dis que tu as besoin de moi au plus vite : mon très cher beau-frère se serait-il enfui avec une danseuse de ballet ?

— Non, bien sûr que non ! s'exclama la comtesse quelque peu choquée. Lionel serait incapable d'une telle chose !

Elle comprit alors que son frère la taquinait et se ravisa :

— Tu as l'air en pleine forme, Kenyon, mais peut-être un peu maigre. Qu'as-tu fait ?

— Il faisait extrêmement chaud en Inde et j'étais très occupé, rétorqua-t-il.

Tout en parlant, il se laissa tomber dans un somptueux fauteuil.

Le regardant, la comtesse pensait qu'il était très beau et tout à fait séduisant. Leur père, le marquis, troisième du nom, avait eu quatre enfants : deux garçons et deux filles, tous extrêmement beaux. Les filles étaient absolument superbes et avaient fait de très bons mariages. Le cadet, Lord Kenyon, avait trente-trois ans.

Il avait été choyé et idolâtré par ses sœurs dès sa naissance et, ensuite, par bon nombre de jolies jeunes femmes, si l'on en croyait les rumeurs.

A son retour d'Eton*, Lord Kenyon n'avait jamais voulu participer aux réunions mondaines qui captivaient ses sœurs, il ne s'était pas non plus laissé convaincre par son frère aîné, le marquis, quatrième du nom, qui était dans la diplomatie : il avait fini par s'engager dans l'armée. Une fois en Inde, il découvrit que ses « fonctions particulières » l'accaparaient complètement et, de ce fait, l'empêchaient de rentrer souvent en Angleterre.

Maintenant qu'il était de retour, visiblement sans aucune raison apparente, sa sœur ne put s'empêcher de lui demander :

— Que nous vaut l'honneur de ton retour en Angleterre ?

— En fait, je suis dans l'incapacité de te répondre.

* Petite ville d'Angleterre, célèbre pour son collège. *(N.d.T.)*

— Je suppose que cela signifie que tes jours, une fois de plus ont été en danger ! Lionel m'a raconté que tu avais brillamment soutenu le vice-roi et que tu aurais mérité une demi-douzaine de médailles si tout cela ne devait pas être tenu secret.

— Lionel aurait dû savoir se taire ! rétorqua Lord Kenyon d'un ton acerbe.

— Je peux t'assurer que Lionel est la discrétion personnifiée, rétorqua la comtesse, et je suis la seule à savoir ce que je viens de te dire !

— Quoi que tu saches, n'en parle plus, demanda fermement son frère.

— Je ne ferai rien qui puisse te nuire, rajouta la comtesse, mais reconnais que cela a été extrêmement dangereux, n'est-ce pas ?

— Par moments, reconnut Lord Kenyon. C'est la raison pour laquelle on m'a conseillé de rentrer chez moi et de me taire, ce qui, je pense, répond à ta question quant à ma présence ici.

La comtesse poussa un soupir de soulagement.

— Je suis persuadée que tout ce que tu as fait est louable et j'espère que l'Empire t'en sera éternellement reconnaissant, mais s'il t'arrivait quelque chose, Kenyon, je crois que mon cœur en serait brisé à tout jamais.

— Allons, allons, pour le moment, je suis sain et sauf.

Il se remémora que lors de son dernier exploit dans ce que les Britanniques appelaient le « Grand Jeu », il avait frôlé la mort de très près. Lorsqu'il avait dû quitter l'Inde, il savait qu'il était marqué par des traces indélébiles. Personne, hormis le vice-roi et les chefs d'état-major, ne sut de quelle façon il s'était infiltré en Afghanistan. C'était là-bas qu'il avait découvert les plans, élaborés par les Russes, pour semer le désordre le long de la frontière nord-est : l'objectif était de faciliter leur invasion de l'Inde.

Ses informations avaient donc été considérées comme une véritable découverte. Il en avait été secrètement félicité et le vice-roi lui avait dit :

— Si justice était faite, vous devriez recevoir la plus haute distinction que notre reine puisse accorder. Mais malheureusement, nous ne pouvons que vous remercier du plus profond de nos cœurs d'avoir épargné la vie de nos soldats et peut-être d'avoir protégé l'Inde tout entière.

C'étaient ces paroles qui lui revenaient sans cesse à l'esprit lorsque Lord Kenyon rentra dans son pays. Après tout, c'était du passé, et il ne pouvait s'empêcher de songer avec amusement aux petits problèmes quotidiens qui contrariaient sa sœur.

Elle lui avait fait parvenir une lettre lorsqu'il était arrivé à Londres, lui disant qu'elle voulait le voir le plus rapidement possible. Avant même qu'il ne lui demande les raisons de son appel, la porte s'ouvrit.

Le majordome, aux cheveux grisonnants, qui était au service de la comtesse depuis son mariage, apporta une bouteille de champagne sur un plateau d'argent. Il remplit la coupe de Lord Kenyon alors que sa sœur n'en accepta qu'une larme. Lord Kenyon leva son verre et dit :

— A ta santé, Charlotte, et au bonheur d'être de retour !

Il but une gorgée puis posa sa coupe sur la petite table devant lui.

— Maintenant, raconte-moi ce qui se passe.

— Il s'agit de Marc et, j'en suis sûre, cela ne te surprendra point.

Lord Kenyon esquissa un sourire.

— Qu'a-t-il bien pu encore faire ? J'espère que ce jeune garçon profite pleinement de la vie, et que tu ne l'en empêches pas !

— Profiter de la vie ! s'exclama la comtesse, mais tu ne peux pas imaginer, Kenyon, de quelle façon détestable il se comporte !

— Eh bien, raconte-moi ! suggéra son frère.

Il s'installa alors plus confortablement dans son fauteuil, pensant que ses sœurs faisaient beaucoup d'histoires pour rien. Il était à souhaiter que son neveu, qui avait hérité du titre à l'âge de vingt-deux ans, ne tenterait pas rapidement de semer la pagaille. Lorsque sa belle-sœur, la marquise de Shawforde, avait quitté son époux, elle avait emmené son fils avec elle et l'avait élevé dans le Northumberland. Il avait eu des précepteurs, mais au grand désespoir de la famille, ne fut pas admis à Eton pour poursuivre ses études, comme avaient pu le faire son père et son oncle.

Par conséquent, sa mère l'avait envoyé dans ce qu'elle considérait comme une école très convenable à Edimbourg. La discipline y était beaucoup plus sévère que dans n'importe quelle autre école du Sud.

Lord Kenyon avait un jugement très précis à l'égard des hommes ; ses exploits n'auraient pu être remarquables s'il n'avait eu un sens aussi aigu du jugement.

De ce fait, il avait cru que lorsque son neveu aurait vingt et un ans et serait adulte, il se serait rebellé. Car les privations qu'il avait subies depuis son enfance auraient paru insupportables à n'importe quelle personne. Pourtant Marc avait toujours eu un comportement exemplaire, mais ne s'était vraiment senti libre qu'à la disparition de son père.

A vingt-deux ans, il était devenu le cinquième marquis de Shawforde et sa mère n'avait plus aucune emprise sur lui. Lord Kenyon écouta donc avec amusement sa sœur lui relater les scandales que provoquait Marc à Londres.

— Tout a commencé à partir des réceptions ; naturellement, il y avait des femmes telles que les danseuses de ballet de Drury Lane et également la très belle madame Swinneton qui, d'après mes renseignements, a trouvé Marc très séduisant, ce qui a provoqué par ailleurs la colère de son époux !

C'était exactement ce que Lord Kenyon pensait entendre. Sa sœur poursuivit son récit :

— J'avais essayé d'arranger le mariage de Marc avec la fille du duc et de la duchesse de Cumberland qui a toujours été l'une de mes meilleures amies. Eh bien, sa fille est aussi belle qu'elle : une jeune fille tout à fait charmante, fort bien élevée, la « débutante » incontestée de l'année.

— Et que pensait Marc de tout cela ? demanda Lord Kenyon.

— Il reconnaissait que cela aurait pu être une excellente alliance, d'autant plus que Sarah était une merveilleuse cavalière et Marc, comme tous les Shawforde, un être exceptionnel !

— Naturellement ! Mais où était le problème, demanda Lord Kenyon.

— Marc et Sarah devaient annoncer officiellement leurs fiançailles au cours d'un dîner que je devais donner cette semaine, mais voilà dix jours qu'il est parti à la campagne et n'est toujours pas revenu !

La comtesse s'aperçut que son frère paraissait très surpris et dit :

— Il s'est, paraît-il, amouraché d'une jeune fille de la campagne ; celle-ci vit non loin du château et, bien que j'aie du mal à y croire, il me semble qu'elle lui a tourné la tête !

— Une jeune fille de la campagne ? s'exclama Lord Kenyon. Cela ne ressemble en rien à la gent féminine qu'il avait l'habitude de côtoyer jusqu'alors !

La comtesse prit un air très sévère.

— Je t'en supplie, Kenyon ! dit-elle sèchement. C'est un garçon impulsif et il risque facilement de se laisser influencer par une jeune fille différente de celles qu'il rencontre à Londres.

Sa voix devint plus aiguë lorsqu'elle dit :

— Si elle est rusée et suffisamment intelligente, elle pourra même le convaincre de l'épouser.

— Je suis persuadé que ce serait là une grave erreur, dit Lord Kenyon.

— Une erreur ? s'exclama sa sœur outrée. Ce serait un véritable désastre ! Comme moi, tu sais que les Shaw, même s'ils se sont peut-être mal comportés, n'ont jamais, depuis des siècles souillé ou diffamé leur propre lignée.

Pensant peut-être que son frère n'en était pas suffisamment persuadé, elle rajouta :

— Comme tu le sais, il y a bien eu quelques scandales. Ton grand-oncle a eu une liaison pendant de nombreuses années avec une actrice, mais il ne l'a jamais épousée.

Sa voix était gorgée de fierté et elle renchérit :

— Si tu regardes l'arbre généalogique de notre famille, tu t'apercevras que l'épouse de chaque marquis est issue d'un rang identique au sien.

La comtesse continua son monologue comme si elle devinait ce que pensait son frère :

— Je réalise parfaitement que la mère de Marc s'était mal comportée en quittant George, mais au moins elle était la fille d'un comte tellement riche que nous ne pouvions que lui pardonner !

— Je ne nie pas le fait que Marc soit bien élevé, dit Lord Kenyon, et la dernière fois que je l'ai vu, j'ai même trouvé que c'était un jeune homme intelligent. Je n'arrive pas à croire qu'il pourrait commettre l'erreur de faire une mésalliance avec une jeune femme dont nous pourrions avoir honte.

— Mais c'est exactement ce qu'il est en train de faire, s'exclama la comtesse, et c'est la raison pour laquelle je fais appel à toi : il n'y a que toi qui puisses parler à Marc et je suis sûre qu'il t'écoutera.

— Pourquoi moi ? demanda Lord Kenyon.

— Allons, ne sois pas stupide, Kenyon ! lui dit sa sœur. Marc t'a toujours admiré depuis son enfance.

Flatté, Lord Kenyon sourit.

— Je lui écrivais pourtant régulièrement, continua la comtesse, mais je ne l'ai vu que très rarement ces dernières années, lorsqu'il vivait dans le Nord, et tu étais, à ses yeux la seule personne de la famille à avoir fait quelque chose d'intéressant !

Lord Kenyon fronça les sourcils.

— J'espère que tu n'as pas été indiscrète au moins !

— Non, non ! J'ai simplement dit à quel point tu étais apprécié en Inde et lorsqu'il est venu me voir à son arrivée à Londres, il ne m'a parlé que de toi.

La comtesse était sur le point de dire que Marc avait en fait demandé avec allégresse : « Que devient l'oncle Kenyon ? J'ai entendu dire au club que les Russes le poursuivaient activement », mais elle se ravisa. Elle savait que c'était le genre de remarque qui aurait mis son frère hors de lui et par conséquent, elle avait simplement ajouté :

— Il se tourne vers toi parce qu'il n'a jamais connu son père, et tu es le seul qui puisse lui parler.

— Tu es en train de me dire que je dois jouer le rôle de père, mais tu oublies certainement que George avait vingt ans de plus que moi et je ne pense pas que je puisse être, aux yeux de son fils, considéré comme un *pater familias*.

— Peu importe l'image que tu donnes, dit la comtesse d'une voix grave. Tout ce que je te demande, Kenyon, c'est d'aller au château voir ce qui se passe.

— Je n'en ai pas la moindre intention.

La comtesse ne tint pas compte de la remarque de son frère et ajouta :

— Si cette jeune femme s'est réellement entichée de Marc, nous devrons la dissuader de ses intentions.

— Comment peux-tu être sûre que tes hypothèses sont vraies ? demanda Lord Kenyon.

Il y eut un silence pendant lequel la comtesse se demanda si elle devait ou non lui dire la vérité. Puis elle se ravisa :

— En fait, ma servante, qui est à mes côtés depuis plus de trente ans, est la sœur de Jeanne, la responsable des femmes de chambre à Shaw. Tu te souviens certainement de Jeanne. Toujours en train de grogner, jamais d'accord sur quoi que ce soit mais absolument parfaite dans son travail.

— J'aurais dû me douter que tout ce que tu as entendu ne sont que ragots de bonnes femmes ! laissa échapper Lord Kenyon d'un ton railleur.

— Jeanne n'est qu'une servante ! rétorqua la comtesse mais elle fait presque partie de la famille depuis le temps qu'elle est à nos côtés.

Elle s'est toujours occupée de la maison lorsque George s'absentait pour ses longs voyages en Orient. (Elle termina sur un ton mélancolique :) Lorsque je suis retournée au château pour ses funérailles, je me suis rendu compte que rien n'avait changé, tout était resté comme au temps de mère et ce grâce à Jeanne !

— Et Jeanne t'a-t-elle dit qui était cette femme ?

— Oui. Elle s'appelle... attends... Laisse-moi réfléchir, oui, elle s'appelle Winterton.

La comtesse fronça les sourcils avant de poursuivre :

— Je crois que je me souviens des Winterton, mais je n'en suis pas tout à fait certaine. De toute façon ils ne sont manifestement d'aucune importance.

Elle souligna ses paroles d'un geste de la main.

— Ce serait un désastre, un véritable désastre pour Marc d'épouser une jeune fille qui ne saurait pas tenir son rôle de marquise de Shawforde !

— Je suis entièrement d'accord avec toi, renchérit Lord Kenyon, nous ne voulons certainement pas d'un divorce dans la famille ni d'une séparation comme celle de George et de sa femme.

— C'est ce qui pourrait nous arriver de pire ! s'écria la comtesse. Un divorce serait une humiliation pour nous tous !

— C'est peut-être quelque chose d'inopportun, étant à peine de retour en Angleterre, dit Lord Kenyon, mais j'irai dès demain au château voir Marc pour essayer de comprendre ce qui s'y passe.

Il soupira et se leva.

— J'espère que tout ceci n'est que commérage et que les intentions de Marc, si toutefois il en a, ne sont que bagatelles.

— J'espère que tu dis vrai ! s'exclama avec fermeté la comtesse. Merci, mon cher Kenyon, je savais que je pouvais compter sur toi pour sauver l'honorabilité de la famille !

3

Après que le marquis eut demandé à Lucille de l'épouser, elle le regarda un instant, surprise, un peu comme si elle ne comprenait pas ce qu'il venait de lui dire.

Puis, comme il s'approchait d'elle, elle lui dit d'un ton quelque peu incrédule :

— Ai-je... bien compris... avez-vous dit que... vous vouliez... m'épouser ?

C'est à ce moment qu'il l'enlaça.

— Je vous aime ! s'écria-t-il. Je vous aime tant que maintenant tout est différent de ce que j'ai pu ressentir jusqu'alors !

Elle le regarda, sans pouvoir ajouter la moindre parole. Puis il l'embrassa avec douceur, un peu comme s'il avait peur d'effleurer ses lèvres. Lucille sentit alors un doux frisson lui parcourir tout le corps. Ils se blottirent l'un contre l'autre comme deux enfants effarouchés dans la nuit. Le marquis l'embrassa jusqu'à ce que, tournant la tête, elle laisse échapper :

— Non... par pitié... non !

— Pourquoi non ? demanda-t-il. C'est la

chose la plus merveilleuse qui me soit jamais arrivée.

— Mais... vous savez fort bien... que vous ne pouvez pas m'épouser !

— J'ai la ferme intention de vous demander en mariage ! dit-il d'un ton déterminé.

— Mais... Delia m'a dit que... vous étiez déjà fiancé.

Le marquis la serra dans ses bras et lui dit :

— Même si j'étais marié ou fiancé à une cinquantaine de femmes, maintenant que je vous connais, ce serait vous que je choisirais.

Le ton de sa voix résonna comme le son d'une trompette au cœur de « La Folie ».

Soudain, Lucille eut l'impression de se trouver face à un homme qu'elle n'aurait pas soupçonné. Pensant qu'elle devait se concentrer sur quelque chose de vital, elle lui demanda brusquement :

— Est-il vrai que... vous êtes... fiancé ?

— Pas le moins du monde ! répondit le marquis, rouge de colère, bien que ma tante ait essayé plusieurs fois depuis la disparition de mon père, de me marier.

— Et... vous avez... accepté ?

— Je lui ai toujours répondu que j'allais y réfléchir, déclara le marquis, et récemment, je lui ai même promis de dîner avec la jeune fille de son choix, et c'est tout.

Lucille eut un mouvement de recul, comme si ses jambes ne pouvaient plus la porter, et elle alla s'asseoir là où ils avaient déjeuné.

Le marquis alla la rejoindre. Il la regarda un long moment, et elle découvrit qu'il était sincère. Il lui prit la main, et, tout en y déposant un baiser, lui dit :

— Je vous aime d'un amour si fort et si intense que rien ni personne ne pourra m'empêcher de faire de vous ma femme.

— Nous... devons... prendre le temps... d'y réfléchir.

— Pourquoi ? C'est tout réfléchi, renchérit le marquis. Je vous aime et je crois que vous m'aimez également, donc nous devrions être très heureux, n'est-ce pas ? Je vais devenir un propriétaire si attentif et si compatissant que vous serez réellement fière de moi.

— Je le suis déjà puisque vous faites des efforts, répliqua Lucille, mais Delia a raison : votre famille... ne m'acceptera... jamais.

A sa grande surprise, le marquis éclata de rire.

— Ils ne se sont jamais inquiétés ni préoccupés de mon sort jusqu'à la mort de mon père.

— J'ai entendu dire que vous aviez vécu dans le Nord, murmura Lucille.

— J'ai été plus ou moins séquestré par ma mère, renchérit le marquis, et avec l'acquiescement de toute la famille qui pensait qu'il s'agissait d'une décision de mon père ; seule tante Charlotte est toujours restée en contact avec moi.

— Tout cela n'est pas très joli, rétorqua Lucille.

— C'était plutôt de l'indifférence, jusqu'à ce qu'ils réalisent qu'ils pourraient dépendre de moi.

— Mais tout cela est cynique !

— Je n'ai pas l'intention d'être cynique, dit le marquis, mais cela m'amuse de voir avec quelle bassesse ils me flattent maintenant que je suis à la tête de la famille et que je suis devenu très riche.

Lucille ne répondit point.

Elle détourna la tête pour ne pas percevoir son regard et, inquiet, il lui demanda :

— A quoi pensez-vous ?

— Je pense qu'il est vraisemblable, comme Delia me l'a souvent dit, que les aristocrates doivent épouser des aristocrates. Même si mon père était fier de ses ancêtres, je pense qu'il n'y a aucune comparaison possible entre nos familles.

— Que viennent faire vos ancêtres dans tout cela, ce n'est pas eux que je veux épouser... mais vous !

Lucille soupira.

— Je sais parfaitement... ce qu'ils vont... dire.

— Que voulez-vous insinuer, exactement ?

— Premièrement, vu votre haut rang, votre mariage doit être organisé avec la fille d'un duc ou de je ne sais qui, et deuxièmement, je suis beaucoup trop jeune pour supporter cette charge.

Le marquis la serra dans ses bras.

— Vous m'aimez, n'est-ce pas, chère Lucille ? demanda-t-il. Promettez-moi que ce n'est pas seulement pour mon titre de marquis mais pour ce que je suis.

— Je vous aime car vous êtes l'homme le plus merveilleux que j'aie jamais rencontré, répliqua Lucille, mais je sais très bien qu'ils vont dire que je n'ai pas une très grande expérience des hommes.

— Qui désignez-vous par « ils » ?

— Eh bien, en fait, il s'agit de Delia, car depuis que père et mère ont disparu, elle est la seule à... s'occuper de moi.

— Mais maintenant, c'est moi qui veillerai sur vous, rétorqua le marquis avec virulence, et si votre sœur vous oblige à aller à Londres, je risque de vous perdre à tout jamais.

— Peut-être... serait-ce... la meilleure solution ! dit Lucille d'un ton narquois.

Il prit alors son doux visage au creux de ses mains, et, fixant son regard, lui dit :

— Ecoutez : dès le moment où nous nous sommes rencontrés, nous avons tous deux réalisé qu'il se passait quelque chose de très particulier et j'ai compris que je n'avais jamais rien ressenti de semblable.

Lucille respira profondément comme si elle ressentait, à cet instant, la même chose. Il poursuivit :

— Vous m'appartenez Lucille, et je tuerai la personne qui tentera de vous arracher à moi !

A ces paroles enflammées et non moins sincères, Lucille sentit son cœur battre ardemment. De fait, elle venait de trouver celui qu'elle avait toujours souhaité rencontrer : un homme fort, vif et résolu.

Le marquis était différent de ces jeunes gens insipides et franchement mous que Delia allait inviter pour son dîner. Elle se souvenait que lors de ses vacances, elle les avait rencontrés à la chasse ou au cours de soirées auxquelles elle avait été invitée. Elle les avait surtout méprisés lorsqu'ils lui faisaient les yeux doux, lui rappelant trop les frères des jeunes Françaises qu'elle avait connues.

Le marquis, lui, était totalement différent : il n'était question ni de beauté ni de l'aura due à sa position sociale. Comme il le lui disait, il existait entre eux un lien qu'ils avaient senti et qui les animait. Elle l'avait ressenti dès l'instant où ils s'étaient rencontrés au champ de courses, et il n'avait cessé depuis de se resserrer.

— A qui pensez-vous ? lui demanda à nouveau le marquis, car il la sentait contrariée.

— J'étais en train de penser que... si nous devions... rester ensemble, il nous faudrait être... très prudents.

— Pourquoi ne pas rentrer et dire tout simplement à votre sœur que nous nous sommes fiancés ?

— Parce que si nous agissons ainsi, répondit Lucille, je suis pratiquement certaine que Delia me rejettera.

— Vous rejettera ? s'exclama-t-il.

— Certainement, car nous avons toujours été proches, lui expliqua-t-elle, et je parviens à lire dans ses pensées. J'ai compris, le soir qui suivit notre rencontre, alors qu'elle me sermonnait pour que je ne tente plus de vous revoir, qu'elle pensait que si je lui désobéissais, elle me rejetterait à tout jamais.

— Nous devons à tout prix éviter cela, rétorqua le marquis.

— C'est la raison pour laquelle nous devons être très vigilants et ne pas... éveiller ses soupçons.

Lucille poussa un long soupir.

— Mais en même temps, nous ne pouvons plus continuer à nous bercer d'un bonheur illusoire en croyant que... personne n'est au courant de ce que nous... faisons.

— Que voulez-vous dire ?

— Je veux dire que les gens du village ont des yeux partout et que, tôt ou tard, une des servantes ou quelqu'un d'autre ira dire à Delia que nous nous voyons, dit-elle avec une certaine angoisse dans la voix.

Le marquis la serra tout contre lui.

— Si vous croyez que quelqu'un peut vous arracher à moi ou vous en éloigner, vous vous trompez !

Il posa doucement ses lèvres contre sa joue et poursuivit :

— Je conçois que nous devons faire très attention à tous points de vue, mais la seule chose qui m'importe vraiment est que vous m'épousiez.

Ses lèvres rencontrèrent les siennes et les mots furent alors inutiles : il l'embrassa jusqu'à ce qu'ils fussent l'un et l'autre à bout de souffle. Lucille pensa que Krishna, la divinité au-dessus de leur tête, jouait du pipeau pour les accompagner dans leur bonheur. Son cœur battait au rythme de celui du jeune homme...

Très tôt le lendemain matin, Lord Kenyon quitta Londres. Il menait un cabriolet tiré par quatre magnifiques alezans, qui appartenait à son neveu. Il trouvait étrange que Marc ne s'en soit pas servi pour se rendre au château. Il avait appris qu'à la réception qui y avait été donnée deux semaines auparavant la plupart des invités étaient venus en train. Le voyage était pourtant beaucoup plus agréable par la route.

Lord Kenyon se doutait fort bien du genre de réceptions que son neveu avait l'habitude de donner et il pensait que les femmes en grande toilette avaient été sans doute plus à l'aise dans un wagon privé.

Il aimait cette sensation d'air frais lui caressant le visage, après avoir dû supporter la chaleur écrasante de l'Inde. C'était un excellent conducteur et bien qu'il n'ait plus mené ce genre d'attelage depuis fort longtemps, il n'en avait pas pour autant perdu la maîtrise.

Le valet assis à ses côtés admirait l'habileté avec laquelle il se faufilait au milieu de la circulation avec son attelage. Dès qu'ils atteignirent la campagne, il lâcha la bride. Pour atteindre le portail en fer forgé qui menait au château, il ne leur fallut pas plus de deux heures.

Comme il remontait l'allée bordée de vieux chênes, il eut une étrange sensation. Le château avait été sa propre demeure lorsqu'il était enfant. En fait, il n'y était guère resté. Peu de temps après qu'il soit envoyé dans un pensionnat, son père mourut et son frère aîné George en devint l'héritier.

Tout en continuant son chemin, il pensait à quel point le mariage de son frère avait été un désastre. Marc avait été élevé d'une manière différente de celle du reste de la famille, ce qui avait été une grossière erreur. Il aurait dû être envoyé à Eton, puis à Oxford et, le plus important de tout, s'engager dans un régiment.

Certains hommes de la famille Shaw avaient servi dans la cavalerie de la Garde royale, d'autres comme soldats d'élite. Il savait que Marc aurait été fort bien accueilli au sein de l'un de ces régiments. Mais au lieu de cela, sa mère l'avait retenu sous son aile dans le nord de l'Angleterre où, à tous égards, il avait mené une existence de reclus. Aussi, Lord Kenyon trouvait tout à fait normal qu'il eût envie de s'amuser une fois libre et, évidemment, cela fut considéré comme très inconvenant. Il n'y avait personne à blâmer, hormis peut-être sa mère qui maintenant avait disparu. Lord Kenyon l'avait toujours trouvée ennuyeuse et tellement puritaine ! Son immense richesse n'avait pu en aucun cas compenser le fait que, pendant des années, Marc n'ait eu la possibilité de s'entourer d'amis loyaux.

De plus, il n'avait connu ni la discipline ni la camaraderie qu'il aurait rencontrées au sein d'un régiment. Lord Kenyon considéra que c'était extrêmement navrant pour le jeune homme.

Mais cependant, il pensa que sa sœur avait raison : un mariage malencontreux serait un désastre non seulement pour Marc mais aussi pour le reste de la famille. Lord Kenyon savait très bien que les femmes, lorsqu'elles désirent profondément un homme, sont capables de tout pour se faire épouser.

Il y avait eu plusieurs femmes dans sa vie, la plupart avaient été charmantes et très raffinées. Il avait eu de délicieuses histoires de cœur, qui se terminèrent chaque fois sans nul déchirement, bien qu'une ou deux fois il y eût quelques petites anicroches. En effet, ces prétendantes l'avaient poursuivi impitoyablement, bien déterminées à l'épouser. Un frisson lui parcourut alors tout le corps : il se rappela comment à plusieurs reprises il avait dû s'enfuir avec cette même ruse qu'il déployait lors de ses négociations avec les Russes. Cela ne lui avait pas toujours été facile, mais néanmoins c'était préférable à la perspective de s'enchaîner pour la vie avec une femme indésirable.

« Ce garçon est beaucoup trop jeune et manque d'expérience pour éconduire ce genre de femme ! » pensa Lord Kenyon. Il savait qu'il se devait de sauver Marc, et c'était son devoir même si cela lui serait extrêmement pénible.

Lord Kenyon trouva le château plus impressionnant que dans ses souvenirs. Le soleil brillait et ses rayons scintillaient sur les fenêtres, paraissant l'accueillir avec un sourire doré. Très souvent, durant son séjour en Inde, lorsque la chaleur oppressante des plaines l'étouffait ou lorsque, par des nuits glaciales, il errait dans les longs défilés de la frontière nord-est, il revoyait l'image du château. Il y devinait des pelouses aux reflets chatoyants, des bourgeons de lilas blanc et mauve et la quiétude du lac. Il savait qu'il devrait survivre pour pouvoir retourner en Angleterre afin de se délecter de cette beauté.

Néanmoins, il possédait une demeure dans le Somerset qu'il souhaitait aussi revoir le plus tôt possible, mais pour le moment, il avait beaucoup à faire à Londres. En fait, sa sœur Charlotte avait quelque peu perturbé son programme.

Dès son arrivée à Londres, il aurait dû téléphoner au bureau des Affaires indiennes pour y transmettre des informations précieuses et très attendues. Apprenant son retour, le Premier ministre et la marquise de Salisbury auraient certainement souhaité le rencontrer. Il savait également que la reine serait profondément déçue s'il ne lui rendait pas visite, dès que possible, au château de Windsor.

Il lui restait donc à souhaiter que la mission confiée par sa sœur ne lui prendrait pas trop de temps. « Je vais dire clairement à cette jeune fille qu'il est hors de question qu'elle épouse Marc », se dit-il.

Une fois en bas de la route, il pensa : « Si elle est dans le besoin, comme l'a suggéré Charlotte, une belle somme d'argent aidera sans doute à apaiser ce cœur brisé. »

Il amena ses chevaux au-delà du pont qui traversait le petit lac jusqu'à l'immense bâtisse qui se dressait en face de lui. Ce faisant, il pensa que la future marquise de Shawforde devrait être quelqu'un qui suivrait les traces de sa mère. Celle-ci avait été aimée, admirée, adulée et respectée de tous, depuis la reine qui avait fait d'elle l'une de ses dames de compagnie, jusqu'aux vieux pensionnaires de l'hospice bâti par son propre grand-père. Les enfants de l'école du village, construite elle aussi par son grand-père, l'adoraient.

A sa descente du cabriolet, deux valets de pied déroulèrent un tapis rouge le long de l'escalier : c'est alors que le majordome, dont il se souvenait parfaitement, apparut.

— Bonjour jeune homme ! dit-il en lui tendant la main.

— Bonjour, Monseigneur ! C'est une surprise ! répliqua le majordome.

— Je m'en doutais, admit Lord Kenyon, je rentre juste en Angleterre et je souhaiterais voir monsieur le marquis.

— Je crois que vous serez déçu, Monseigneur.

— Déçu ? répéta Lord Kenyon.

— Monsieur le marquis est parti pour la journée. Il est, si je puis dire, parti explorer ses propriétés et a emporté avec lui un bon piquenique.

Lord Kenyon resta immobile, comme perdu dans ses pensées. Puis il ajouta :

— Dans ce cas, je vais aller téléphoner au village et ensuite, je reviendrai déjeuner.

— Bien sûr, Monseigneur, tout sera prêt, mais peut-être que Monseigneur voudra un verre de vin ?

— Non, merci, jeune homme ! Je n'en aurai pas pour longtemps.

Il se retourna et s'aperçut que son cabriolet

allait être conduit à l'écurie : il l'arrêta et retira les rênes des mains du valet. Puis il descendit l'allée, ayant délibérément omis de leur dire où il se dirigeait. Il connaissait parfaitement leur curiosité habituelle et savait qu'une fois le dos tourné, les domestiques allaient se mettre à discuter.

Il conduisit son attelage jusqu'à la hauteur du portail, il l'arrêta et dit à son domestique :

— Va me chercher le gardien.

— Tout de suite, Monseigneur.

L'homme allait s'exécuter lorsque soudain Lord Kenyon demanda :

— Es-tu du pays ?

— Certainement, Monseigneur, mais on m'a obligé à aller à Londres parce qu'ils manquaient d'employés.

— Bon, alors inutile de déranger le gardien, renchérit Lord Kenyon, tu dois savoir où habitent les Winterton ?

— Naturellement, Monseigneur, répliqua le domestique. Tout droit en haut du village, et vous verrez leur maison sur la gauche.

Lord Kenyon n'en demanda pas plus. Il se laissa guider par le domestique jusqu'à ce portail dont il se souvenait vaguement.

Il n'y avait pas de gardien et les portes grandes ouvertes donnaient sur une petite allée bordée de rhododendrons. Au bout de celle-ci, se dressait un vieux manoir en très bon état, que Lord Kenyon estima être de l'époque élisabéthaine. Il n'était pas très grand ; avec le temps, la couleur des briques avait fondu en un vieux rose; ses fenêtres aux vitres irisées le rendaient extrêmement accueillant.

Lord Kenyon arrêta ses chevaux devant l'entrée principale. Il tendit les rênes à son domestique, puis descendit du cabriolet. Cette fois-ci, il n'y avait pas de valet de pied pour dérouler le tapis rouge. Il sonna à la porte entrouverte, mais personne n'apparut. Après un instant d'hésitation, il pénétra dans le couloir. Il remarqua les boiseries de la même époque que la maison, et le merveilleux escalier en chêne. Il supposa que la porte donnait accès à la pièce principale, et par conséquent, il s'avança dans cette direction. Il trouvait particulièrement étrange qu'aucun domestique n'apparût.

Delia avait laissé la porte d'entrée ouverte lorsqu'elle était revenue du jardin. Elle y avait cueilli des fleurs et les disposait maintenant dans un vase. Chaque objet du salon était resté à l'endroit où sa mère l'avait placé lorsqu'elle l'avait décoré.

— Je ne peux imaginer une pièce sans fleurs, avait-elle coutume de dire, et je sais que ton père les apprécie beaucoup même s'il ne le dit jamais.

Delia avait compris en grandissant que tout ce que faisait sa mère était destiné à rendre son père heureux.

Après sa disparition, ce fut pour lui comme si le soleil avait quitté la maison; quoi que fît Delia, et quelles que fussent les fleurs, rien ne put jamais remplacer la femme qu'il aimait. Delia estimait cependant que sa mère n'était pas morte et qu'elle serait toujours parmi eux. Parfois elle la sentait tellement proche qu'elle lui confiait ses problèmes. C'était le cas en ce moment : elle lui demandait conseil pour l'organisation des Floralies qui devaient avoir lieu prochainement au village. C'était un événement très important pour le Petit Bunbury ; Delia avait décidé de s'en occuper après la mort de sa mère, et le faisait chaque année avec grand dévouement. Il lui était très difficile d'empêcher les jardiniers du château de gagner haut la main ; les autres participants s'en trouvaient offusqués et découragés.

Cette année, elle avait participé à de nombreuses compétitions auxquelles les grandes propriétés avoisinantes ne pouvaient se joindre. Elle en avait profité pour soumettre certaines idées telles que la constitution de la plus belle collection de feuilles et d'herbages ou la réalisation du plus joli bouquet de fleurs sauvages, auxquelles pourraient prendre part les élèves de l'école. Ces suggestions avaient surpris tout le monde.

Delia disposait machinalement les fleurs, sans regarder ce qu'elle faisait, tout en pensant, en même temps, aux prochaines Floralies et à Lucille. Elle ne se faisait pas vraiment de souci pour sa sœur : en fait, récemment, elle la trouvait beaucoup plus joviale qu'à son retour à la maison. Elle avait été très occupée — c'était du moins ce qu'elle avait fait croire à Delia — à revoir toutes ses anciennes amies.

Certaines vivaient à l'autre extrémité du comté, et comme Delia avait maintes occupations, elle avait accepté que Lucille puisse aller çà et là tous les matins. Elle lui disait généralement :

— Ne m'attends pas pour le déjeuner, ma chérie, car ils vont sûrement me supplier de rester avec eux et cela fait une longue promenade.

« Au moins elle en profite avant d'aller à Londres, pensait complaisamment Delia. J'aimerais pouvoir l'accompagner, mais il faut en priorité que je finisse de m'occuper des Floralies. »

Elle se demandait si chacun avait suffisamment de place pour installer le même stand que l'année précédente, s'il y avait assez d'espace sous la grande tente au cas où un autre village viendrait à se joindre à eux.

A l'origine, les Floralies étaient réservées aux habitants du Petit Bunbury ; ensuite, le Grand Bunbury ainsi que le petit village de La Source, tous deux distants de trois kilomètres avaient décidé de s'y associer. Maintenant, un autre village demandait la permission de participer et Delia ne pouvait refuser.

— Il y aura trop de monde, avait-elle dit au pasteur.

— C'est ce que je pense, avait-il répondu, mais si nous avons une belle journée, la plupart des gens seront contents de leur promenade et pourront, bien sûr, admirer votre magnifique jardin, mademoiselle Delia.

Les Floralies s'étaient toujours déroulées

dans l'enclos du manoir de Bunbury et les deux principaux agréments de l'après-midi étaient de se promener dans la roseraie pour y explorer les massifs d'arbustes et de se détendre sur les pelouses. Le thé y était toujours gracieusement servi. Tout cela demandait à Delia une énorme préparation mais fort heureusement, elle était certaine de pouvoir compter sur bon nombre de personnes. Cependant, pour éviter la confusion, elle savait que toute chose devait être minutieusement réglée.

C'était avec soulagement qu'elle terminait la composition de son dernier bouquet. Elle pensait qu'elle devait vérifier si les hommes avaient installé la grande tente lorsque quelqu'un entra dans la pièce. Elle leva la tête et, à sa grande surprise, elle se rendit compte qu'elle ne le connaissait pas.

— Veuillez m'excuser, dit-il en la voyant, mais j'ai sonné plusieurs fois à la porte sans avoir la moindre réponse. Par conséquent, je me suis permis d'entrer !

— Ô mon Dieu, j'ai peur que la sonnette soit de nouveau détraquée ! s'exclama Delia, et tous les domestiques s'affairent dans la cuisine.

En fait, elle leur avait demandé de trier les tasses et les soucoupes. Elles étaient rangées d'une année sur l'autre dans le cellier et lorsque les Floralies avaient lieu, il fallait les laver.

— Me serait-il possible de voir monsieur Winterton ? demanda Lord Kenyon.

— Je suis navrée mais mon père est décédé, répondit Delia.

— Je suis absolument désolé, répliqua-t-il. Puis-je vous parler un instant ?

— Mais oui, bien sûr.

Elle le regarda et se rendit compte que non seulement il était très séduisant, mais en plus, extrêmement élégant. Elle se demandait qui était ce bel homme lorsqu'il dit :

— Peut-être devrais-je me présenter. Je m'appelle Shaw : Lord Kenyon Shaw !

Delia en eut le souffle coupé. Sachant à qui elle avait l'honneur de s'adresser, elle ajouta :

— Désirez-vous vous asseoir ? Je suppose que vous venez de rentrer de votre voyage en Inde.

— Comment saviez-vous que j'étais en Inde ? demanda Lord Kenyon intrigué.

— Simplement parce que vous étiez la seule personne absente aux funérailles de votre frère.

— Il m'était impossible d'être là à temps, répondit confusément Lord Kenyon. Je suis de retour depuis deux jours seulement, et j'ai déjà eu plusieurs informations inquiétantes concernant mon neveu, le nouveau marquis. C'est la raison pour laquelle je souhaitais rencontrer votre père.

Delia le regarda surprise, puis comme Lord Kenyon s'asseyait dans le fauteuil près de la cheminée, elle s'installa en face de lui. La pensée qu'il avait peut-être entendu parler des scandaleuses soirées organisées par son neveu lui traversa l'esprit. Il venait donc sûrement demander à son père quelles étaient les réactions du village face à un tel comportement.

Lord Kenyon marqua une pause comme s'il choisissait avec précaution les mots qu'il allait employer. Puis il dit :

— Je comprends, mademoiselle Winterton, que mon neveu, bien qu'étant fiancé à une autre, soit tombé amoureux de vous !

Delia le dévisagea d'un air incrédule. Puis elle réalisa qu'il la prenait pour Lucille. Elle avait une confiance aveugle en Lucille et pensait qu'elle avait suivi son conseil de ne plus revoir le marquis : maintenant et pour la première fois, le doute s'installait en elle. Mais son premier réflexe fut de protéger Lucille.

— Je ne vois pas... ce que vous voulez dire, Monseigneur, biaisa-t-elle.

— Allons, mademoiselle Winterton, répliqua Lord Kenyon, des personnes de confiance m'ont raconté que mon neveu et vous-même étiez très souvent ensemble, ce qui est totalement inconvenant puisqu'il doit se fiancer.

— J'ai entendu dire, répondit calmement Delia, que le marquis devait se fiancer prochainement. Je crois que Monseigneur se trompe lorsqu'il avance de tels propos.

— Je ne le crois pas, mademoiselle Winterton, renchérit Lord Kenyon, mais si toutefois j'avais été mal informé, je vous prierais d'accepter toutes mes excuses. Cependant, je souhaiterais que vous me juriez qu'il ne s'est rien passé entre mon neveu et vous.

Delia pensa qu'elle pouvait le faire en toute sincérité mais, en même temps, elle était inquiète pour Lucille. Elle n'était pas certaine de ce qu'elle devait répondre.

Après un moment d'hésitation, elle ajouta timidement :

— Je crois, Monseigneur, qu'il serait plus juste que vous me disiez exactement ce que vous avez entendu concernant les faits et gestes de votre neveu et ce que vous suspectez.

— Fort bien, mademoiselle Winterton, si c'est ce que vous souhaitez, répliqua Lord Kenyon. En vérité, ma sœur s'est laissé dire que vous aviez l'intention d'épouser mon neveu ce qui, comme vous devez le savoir, serait pour lui un véritable désastre.

Il parla d'une manière si cinglante que Delia sentit la colère monter en elle. « Il n'aurait pas été plus incorrect si Lucille avait été une roturière », pensa Delia. Elles appartenaient à une famille qui était respectée depuis presque aussi longtemps que la leur, et leur père avait, en tant que soldat, aussi bien servi son pays que Lord Kenyon.

— Je pense, Monseigneur, avança calmement Delia, que vous venez d'être injurieux pour rien. Si ce que votre sœur a entendu est vrai, cela peut être fâcheux pour votre famille, mais en aucun cas s'avérer un désastre comme vous le prétendez.

Il y eut un silence puis Lord Kenyon dit :

— Je vous assure, mademoiselle Winterton, que je ne voulais pas être impoli, mais néanmoins, vous devriez admettre que le marquis de Shawforde a un rang à tenir et qu'il en est de même pour celle qu'il épousera.

— Telle est peut-être votre opinion, Monseigneur, répliqua Delia, et celle-ci n'est bien sûr dictée que par pure convention. Mais nous qui vivons ici, savons que le précédent marquis, qui a fait ce genre de mariage que vous évoquez, n'a pas été heureux et que son union ne fut pas une réussite.

Delia fut surprise de ce qu'elle venait de dire. D'autre part, puisque Lord Kenyon avait insulté sa sœur Lucille, elle était déterminée à la défendre.

— C'est vrai, reconnut Lord Kenyon, mais vous admettrez que si mon frère a été malchanceux, je ne tiens pas à ce que son fils le soit lui aussi.

— Vous pensez peut-être que... l'actuel marquis ne représente pas un aussi bon parti... que ses ancêtres.

Lord Kenyon fronça les sourcils mais ne répondit rien et Delia poursuivit :

— L'attitude du marquis a déjà... scandalisé beaucoup de gens du comté, aussi bien du village que du voisinage... par les réceptions qu'il a données... depuis qu'il a hérité.

— Et malgré cela, vous désirez toujours l'épouser ? demanda Lord Kenyon.

— Je n'ai jamais dit que je voulais l'épouser, répliqua Delia, je voulais simplement vous faire remarquer que la belle aristocrate au sang bleu que vous lui avez choisie comme épouse ne semble pas aussi désintéressée que vous le croyez !

— Tout cela est absolument ridicule ! contesta Lord Kenyon avec suffisance. Le duc et la duchesse de Cumberland sont tout à fait ravis que leur fille Sarah épouse mon neveu, et leurs fiançailles seront annoncées dès son retour à Londres !

Il remarqua la colère de Delia mais ajouta :

— Tout ce que je vous demande, mademoiselle Winterton, c'est de ne plus le persuader de rester ici mais plutôt de lui permettre d'agir comme l'entend sa famille.

— Et qu'arrivera-t-il s'il n'est pas d'accord ? demanda Delia, exaspérée par les propos de Lord Kenyon.

Elle l'était d'autant plus qu'elle se demandait réellement comment elle pourrait sortir Lucille de cette délicate situation sans ternir sa réputation.

— De toute manière, je suis sûr que mon neveu fera tout ce que je lui demanderai dès que je lui parlerai, renchérit Lord Kenyon. De plus, je ne crois pas que vous le connaissiez depuis longtemps, mademoiselle Winterton, et je sais qu'il est parfaitement conscient de son devoir envers sa famille.

— Apparemment, ce n'est pas ce qui a été perçu depuis son retour au château, rétorqua-t-elle sèchement, mais je suis certaine que Monseigneur saura se montrer très convaincant !

— Je ne suis pas venu ici pour me quereller avec vous, mademoiselle Winterton, dit-il en changeant de ton. Mon intention était de faire appel à votre bon sens, c'est tout !

— Je crois sincèrement, Monseigneur, que vous êtes venu ici défendre vos propres intérêts, mais je pense que la décision appartient à votre neveu et, par conséquent, nous n'avons plus rien à nous dire !

— Vous le laisserez partir ? demanda Lord Kenyon.

Delia esquissa un sourire moqueur.

— Le marquis a maintenant vingt-trois ans, dit-elle, et il doit savoir ce qu'il veut. Je serais très surprise s'il s'avérait être une marionnette dont vous tireriez les ficelles pour qu'il fasse ce que vous désirez.

— Maintenant, mademoiselle Winterton, je vous prie de m'écouter... reprit Lord Kenyon.

— Je crois, Monseigneur, qu'il n'y a rien à rajouter, interrompit brutalement Delia, et je pense qu'il serait absurde de continuer cette discussion d'autant plus que j'ai mille choses à faire et que ce serait une perte de temps pour vous comme pour moi !

Lord Kenyon était stupéfait de constater que, pour la première fois de sa vie, il était à cours d'argument. Il n'aurait pas cru en la voyant que, vu son âge, il lui serait impossible de la convaincre. Il avait pensé qu'il parviendrait facilement à l'intimider.

Mais en fait, il dut se rendre à l'évidence que lors de ce bref échange de propos, ou de ce qu'il conviendrait d'appeler « un duel », indubitablement elle avait gagné.

Il s'était voulu ferme dans ses paroles, et ce n'était que maintenant, en la regardant vraiment, qu'il découvrait combien elle était ravissante. Il comprenait mieux pourquoi le jeune Marc avait perdu la tête et peut-être même le cœur.

Delia restait debout, attendant qu'il s'en aille. L'observant à nouveau, il considéra qu'elle était très différente des autres femmes qu'il avait côtoyées, et qu'elle était d'une grande beauté. Elle était vêtue très simplement et il pensa qu'aucune reine ne se serait tenue aussi dignement.

Il émanait d'elle quelque chose de sublime qui lui rappelait un tableau de Botticelli ou une musique de Chopin. Soudain, se ressaisissant, il se rappela qu'elle était la femme qui avait séduit Marc et, manifestement, elle était déterminée à devenir la marquise de Shawforde.

Réalisant à quel point Delia avait hâte de le voir s'en aller, il ajouta :

— Lorsque j'aurai eu une conversation avec mon neveu, ce qui jusqu'alors n'a pas été possible car il n'était pas à la maison, pourrai-je revenir vous voir, mademoiselle Winterton, afin d'essayer de compenser les faux espoirs qu'il a pu faire naître en vous, peut-être malencontreusement ?

Pendant un moment, Delia resta interdite, puis ses yeux gris s'assombrirent.

— Tout ce que je peux espérer, Lord Kenyon, dit-elle posément, est de ne jamais avoir la malchance de vous retrouver sur mon chemin !

Sur ces paroles, elle se retira du salon, le laissant seul.

4

Lucille sortit de l'étable et se précipita à l'intérieur de la maison, où elle trouva Delia qui l'attendait dans le salon. Sa sœur était absolument superbe, plus belle et plus rayonnante que jamais. De toute évidence, elle paraissait très heureuse.

— Me voilà, s'écria Lucille.

— Je t'attendais et j'ai à te parler.

Il y eut quelque chose dans la voix de Delia qui inquiéta Lucille, mais elle parvint cependant à lui répondre à la légère.

— De quoi s'agit-il ?

— J'avais confiance en toi ! répliqua Delia, et je n'aurais jamais imaginé que tu puisses me décevoir !

Lucille resta sans voix.

— Euh... en fait...

— Oui, venons-en au fait ! renchérit Delia, je suis très contrariée.

— J'avais peur que tu le sois, répondit Lucille, mais... qui t'en a parlé ?

— Lord Kenyon Shaw !

Incrédule, Lucille dévisagea sa sœur.

— Lord Kenyon ? Mais... comment a-t-il pu... je, je veux dire... où l'as-tu rencontré ?

— Il est venu jusqu'ici pour te parler, répondit Delia, ou plutôt il venait pour te dire que le marquis était fiancé et même sur le point de se marier.

— C'est absolument faux ! lança Lucille. Je serais curieuse de savoir qui a bien pu renseigner Lord Kenyon ; je le croyais en Inde.

— Apparemment il n'y est plus, et je peux te dire qu'il a eu des propos particulièrement acerbes, lui dit Delia.

— Acerbes ? répéta Lucille surprise.

— Il prétendait que tu avais persuadé le marquis de rester au château plutôt que de le laisser remplir ses obligations.

Delia parlait avec lassitude, puis, comme si elle devait convaincre Lucille, elle ajouta :

— Il a dit en fait qu'un mariage avec toi serait une mésalliance, et une véritable catastrophe pour sa famille !

A sa grande surprise, Lucille, pas du tout contrariée, se dirigea vers la fenêtre. Elle resta un moment, le dos tourné à sa sœur puis ajouta :

— J'espère... que maintenant... tout va être plus clair !

— Que veux-tu dire ? demanda Delia.

— Marc m'a demandé... de devenir son épouse, mais...

— De devenir son épouse ?

— Je ne comprends pas pourquoi tu as l'air si surprise, dit Lucille. Nous nous aimons éperdument, mais maintenant que Lord Kenyon est de retour, tout risque d'être différent.

— As-tu accepté sa proposition ? demanda Delia.

— Depuis la semaine dernière, j'essaie de le persuader qu'il risque de commettre une erreur en m'épousant.

— Mais t'aime-t-il réellement ?

— Il m'assure qu'il m'aime et pour lui plus rien n'a d'importance. Je le croyais jusqu'à ce que tu m'annonces que Lord Kenyon était ici.

— Je ne comprends pas, lui dit Delia. Que vient faire Lord Kenyon dans tout cela ?

— Je ne crois pas que les gens du comté réalisent que c'est un homme extraordinaire, renchérit Lucille. Marc affirme que tous les membres de son club ne parlent que de lui.

— Mais pourquoi ?

— Apparemment parce qu'il a réalisé un nombre incalculable d'exploits en Inde. Il fait partie du « Grand Jeu » ou quelque chose de la sorte, mais je ne pense pas que tu en aies entendu parler.

— En fait si, papa m'en avait parlé, répondit Delia. Mais est-ce que cela signifie que Lord Kenyon est l'un de ces Anglais qui sont parvenus à s'infiltrer au sein d'une tribu, et ainsi à empêcher les Russes de gagner du terrain sur la frontière nord-ouest ?

— Marc m'a dit que c'était très secret, répondit Lucille, et que nous ne devrions plus jamais en reparler, car cela pourrait être fatal à son oncle qui est la personne qu'il admire le plus au monde !

— Je n'imaginais pas que Lord Kenyon fût ce genre d'individu ! murmura Delia.

— A-t-il été incorrect ? lui demanda Lucille.

— Oui, à mon avis, mais c'est envers toi qu'il a été très incorrect !

Elle crut que Lucille ne comprenait pas et lui expliqua alors ce qui s'était passé.

— Il est venu ici pensant voir papa. Lorsque je lui ai dit qu'il était décédé, il a cru alors que j'étais cette demoiselle Winterton qui resserrait ses griffes sur son neveu, pour son plus grand préjudice.

Il y eut un long silence, puis Lucille déclara :

— Eh bien, j'espère que si Lord Kenyon est de retour, Marc acceptera tout ce qu'il lui conseille de faire !

— S'il t'aime vraiment, peu importe ce que diront les membres de sa famille.

— Il se moque éperdument des membres de sa famille car, jusqu'à ce qu'il hérite de son titre... nul ne s'est jamais occupé de lui... hormis... Lord Kenyon.

Il y avait quelque chose de pitoyable dans la manière de s'exprimer de Lucille, et Delia en fut profondément touchée. Elle se rapprocha de sa sœur et lui dit :

— Je suis désolée, ma chérie, mais je déteste que l'on te fasse du mal et que tu sois malheureuse.

— Il m'aime, je sais qu'il m'aime ! sanglota Lucille. J'ai refusé, comme il souhaitait le faire, de venir tous les deux t'annoncer que nous allions nous marier, uniquement parce que j'ai pensé à lui, surtout à cause de la manière désagréable avec laquelle les membres de sa famille accueilleraient une telle nouvelle.

Il y avait tellement de douleur dans sa voix que Delia la serra très fort contre elle.

— Je suis navrée, ma chérie, de t'avoir fait de la peine, dit-elle, mais je voulais simplement te défendre face à d'aussi cruelles accusations. Lord Kenyon a parlé de nous comme si nous n'étions que de pauvres... paysans !

Elle pensa que c'était la forme la plus élégante pour présenter à sa sœur la façon dont Lord Kenyon l'avait qualifiée de « femme indésirable ». Elle ne jugea pas nécessaire de rendre Lucille encore plus malheureuse qu'elle ne l'était déjà. Elle lui dit à nouveau :

— Je suis désolée, ma chérie, profondément désolée, mais je n'ai fait que prendre ta place.

— J'aime Marc, dit Lucille, et je l'aime depuis l'instant où je l'ai rencontré.

— Mais tu n'as pas rencontré beaucoup de jeunes hommes, lui répondit gentiment Delia.

— J'étais sûre que tu allais me dire cela, rétorqua Lucille, et je pense que l'expérience n'a rien à voir avec l'amour. (Elle respira profondément et ajouta :) C'est un peu comme si je l'avais reconnu pour l'avoir déjà rencontré... peut-être... dans une autre vie.

Delia regarda sa sœur étonnée.

— Est-ce réellement ce que tu ressens ?

— C'est ce que ressent Marc. Il a lu de nombreux écrits sur l'Inde car il a une grande admiration pour Lord Kenyon. Il m'a dit, lors de notre première rencontre, qu'il savait que nous étions faits l'un pour l'autre, et, comme le croient les Indiens, que nous nous étions déjà rencontrés au cours d'une vie antérieure.

— Je n'aurais jamais imaginé que tu puisses dire de telles choses ! s'exclama Delia, je parlais souvent de l'Inde avec papa, et je croyais que tu étais trop jeune pour comprendre.

— En tout cas, je suis en âge d'être amoureuse, répliqua Lucille et c'est très... très pénible.

Elle laissa échapper un petit cri et ajouta :

— Oh, Delia, crois-tu qu'il va retourner à Londres et qu'il ne pensera plus jamais à moi ?

— S'il agissait ainsi, cela voudrait dire qu'il n'est pas vraiment amoureux de toi, répondit Delia, et je crois que c'est ce qui serait le mieux pour vous deux.

— Ce serait peut-être la meilleure solution pour lui, dit tout doucement Lucille, mais... pas pour moi. Tu ne me croiras certainement pas... mais je sais que jamais je n'aimerai... quelqu'un d'autre... comme Marc.

Elle traversa alors la pièce et se dirigea vers le couloir, sans regarder derrière elle.

Delia ne la quitta pas du regard, mais ne la suivit point : elle savait que Lucille désirait être seule. Elle comprit qu'elle souffrait et n'aurait jamais imaginé que quelqu'un d'aussi jeune et d'aussi gai pût souffrir de la sorte. « Comment cela est-il arrivé ? se demanda-t-elle. Tout est ma faute. »

Plus elle réfléchissait, plus elle réalisait combien elle avait été occupée ces derniers temps par les Floralies. Maintenant, elle se rendait compte que si elle avait été plus perspicace, elle se serait aperçue que Lucille était beaucoup trop heureuse pour que cela fût normal. « Tout cela est ma faute, maman, se dit-elle, abattue, j'aurais dû, au lieu de me consacrer totalement aux Floralies, lui accorder plus d'attention. »

Mais maintenant il était trop tard et le cœur de Lucille était profondément blessé. Delia essayait de se persuader que sa sœur ferait preuve de beaucoup de courage et de lucidité. Elle avait cependant l'étrange sensation que les sentiments de Lucille étaient beaucoup plus profonds qu'elle ne l'avait imaginé.

Comme elle était l'aînée des deux, Delia avait pris, à la disparition de leur mère, la maison en main. Elle s'était également occupée de leur père et avait toujours considéré Lucille comme une enfant. De plus, elle ne l'avait pas préparée à être amoureuse d'un homme, et encore moins du célèbre marquis. « C'est sa faute ! » pensa-t-elle irritée.

Elle savait cependant qu'il était impossible de blâmer tout homme qui tomberait amoureux de Lucille : elle était tellement adorable. Par ailleurs, qu'y avait-il de plus extraordinaire, pour deux amoureux, que de se rencontrer en cachette ? La beauté de la campagne et l'ardeur des rayons du soleil étaient la toile de fond idéale pour une belle histoire d'amour, d'autant plus que personne ne pouvait les déranger. C'était une idylle qui aurait pu naître dans un roman. « J'aurais dû essayer de comprendre ce qui se passait pour y mettre un terme ! » se dit Delia avec remords.

Elle pensait cependant qu'il lui aurait été impossible d'empêcher Lucille de revoir le marquis, dès l'instant où elle avait fait sa connaissance.

Delia l'avait aperçu lors des funérailles de son père, et elle avait remarqué qu'il était extrêmement séduisant. Au milieu de la foule affligée qui avait empli la petite église, elle ne lui avait pourtant jeté qu'un rapide regard.

Depuis lors, personne n'avait entendu parler du marquis, jusqu'à ce que l'on colporte les fameuses histoires sur la manière outrageuse dont il se conduisait à Londres. S'y étaient ajoutées ensuite les réceptions données au château qui avaient scandalisé tout le village. « Je suppose, pensa-t-elle, amèrement, que le fait qu'il soit si volage le rend encore plus attirant. » Cela n'était plus tout à fait exact maintenant qu'elle avait rencontré Lord Kenyon, qu'elle avait constaté que les Shaw étaient particulièrement beaux et qu'aucune autre famille du comté ne pouvait rivaliser avec eux.

Actuellement, l'avenir de Lucille l'effrayait et elle redoutait, comme elle le lui avait dit, qu'elle ne puisse plus aimer quelqu'un d'autre aussi intensément. Bien qu'elle souhaitât vivement la voir heureuse, il lui semblait impossible que ce fût avec le marquis, même si, malgré les recommandations de son oncle, il persistait à vouloir l'épouser.

Il était exact que jamais Delia n'aurait imaginé que le marquis demandât sa sœur en mariage. Lord Kenyon ayant été incorrect et cinglant, elle s'était sentie obligée de l'affronter. Et elle pensait que si Lucille l'avait vu, elle aurait aussi, sans nul doute, été choquée par un tel comportement. Delia s'était complètement trompée depuis le début : Lucille était amoureuse.

Si le marquis lui brisait le cœur, rien ni personne ne pourrait la consoler. « Je me dois de l'éloigner d'ici ! » pensa-t-elle. Puis elle se souvint que si Lord Kenyon réussissait à convaincre le marquis, celui-ci s'en retournerait à Londres pour y épouser une autre jeune fille.

Delia n'aurait jamais imaginé être confrontée à ce genre de situation ; elle était affolée et n'avait plus aucune confiance en elle.

Mais il était l'heure de se changer pour le dîner. Elle grimpa lentement l'escalier, le cœur serré, se demandant comment elle allait bien pouvoir consoler Lucille. En outre, elle devrait être très prudente afin de ne pas susciter de faux espoirs au cas où le marquis l'aimerait suffisamment pour défier son oncle. Tout en se déshabillant, elle pensa à Lord Kenyon.

Etrangement, elle n'avait jamais entendu dire, comme le lui avait confié Lucille, que c'était un héros. Habitant pour ainsi dire à deux pas du château, elle avait grandi en connaissant presque tout de ses habitants et de leur famille. De plus, il aurait été impossible qu'il en fût autrement car c'était le principal sujet de conversation de tout le village. Elle était au courant de ce qui se passait chez eux, de la naissance d'un enfant à la mort d'un parent, même éloigné. Elle avait souvent trouvé dommage que son père se soit disputé avec le précédent marquis. Mais cela n'avait pas été une surprise.

Après une carrière dans la diplomatie, le marquis, quatrième du nom, était revenu à la maison pour y mourir, bien qu'il fût encore jeune. Lors d'une mission à l'Est, il avait attrapé une sorte de fièvre jusqu'alors inconnue et inguérissable qui lui avait rongé le foie, provoquant des douleurs insupportables qui l'avaient obligé à rester alité. Par conséquent, il était devenu extrêmement désagréable et désobligeant avec tout son entourage pour n'importe quel motif ; inévitablement, il se disputait avec tous ses voisins.

Le colonel Winterton était un homme tout à fait charmant, d'un contact facile comme il se devait, mais il avait sa propre fierté. Après avoir servi de longues années son pays, il n'était pas disposé à ce qu'on lui parlât comme à une simple recrue.

Il dit au marquis ce qu'il pensait de son attitude, ce qui mit finalement un terme à tout dialogue entre le château et le manoir.

— C'est un homme malade, fatigué, mon chéri, avait conclu madame Winterton, son épouse, lorsque cela s'était produit.

— Malade ou pas, il se comporte d'une façon exécrable ! avait répliqué le colonel Winterton. Le médecin et le pasteur m'ont tous deux signalé qu'ils évitaient autant que possible d'aller au château, tellement il est désagréable.

— Oui, je sais. Tout le monde dit la même

chose au village, soupira madame Winterton, et c'est bien dommage. Mais je ne vois vraiment pas comment il pourrait s'améliorer.

En fait, la santé du marquis s'aggravait de jour en jour. Lorsqu'il décéda, personne ne le regretta véritablement. Même s'ils ne s'étaient pas beaucoup manifestés durant la maladie du marquis, les membres de la famille jouaient toujours un rôle important aux yeux des villageois. Delia trouvait étrange que personne n'ait jamais eu connaissance des activités que Lord Kenyon exerçait en dehors de ses devoirs militaires.

Pourtant, son père lui avait parlé du « Grand Jeu », l'extraordinaire réseau d'espionnage qui se ramifiait sur toute l'Inde. Sa principale fonction était d'empêcher les Russes de semer les graines de la discorde au sein des différentes castes. Comme elle se montrait fort intéressée, il lui avait confié que très peu de gens connaissaient les membres du « Grand Jeu ».

Le secret était si bien gardé que seuls le vice-roi et le commandant en chef connaissaient l'identité des hommes qui risquaient leur vie pour protéger l'Empire britannique.

— Ils doivent être extrêmement courageux, papa, lui avait dit Delia.

— Extrêmement, bien sûr, avait approuvé son père, mais tu ne dois jamais parler de tout cela à quiconque car une parole malheureuse ou même le moindre commentaire risquerait de provoquer la mort d'un homme.

— Est-ce que tu as déjà fait partie de ce « Grand Jeu », papa ?

Il avait marqué un temps d'arrêt avant de lui répondre :

— Oui, juste une fois, et je n'ai pas honte de te dire que je n'ai jamais eu aussi peur de ma vie !

— Oh papa, raconte-moi, s'il te plaît, raconte-moi ! avait supplié Delia.

— Je ne peux absolument pas. Tout ce que je peux te dire, c'est que tout homme qui appartient au « Grand Jeu » est le serviteur de la Croix victorienne et aucun homme ne peut faire plus que risquer sa vie pour sa patrie.

Se souvenant de ce que son père lui avait dit, Delia comprit. S'il était vrai que Lord Kenyon s'était infiltré parmi les Russes, il n'était donc point surprenant que son neveu l'idolâtrât comme un véritable héros.

Le souvenir de cette conversation avec son père s'estompant, elle enfila une de ses plus jolies robes de chambre agrémentée d'un énorme nœud de satin dans le dos. Néanmoins, elle trouvait dommage de ne pas avoir rencontré Lord Kenyon en d'autres circonstances. Elle aurait souhaité lui parler de l'Inde car c'était un pays qui la fascinait, tant par les histoires que son père lui avait racontées que par les livres qu'elle avait lus.

Elle avait souvent espéré que peut-être un jour, elle pourrait visiter ce que l'on avait coutume d'appeler le Joyau de la Couronne. « Malheureusement, cela a très peu de chance d'arriver », soupira-t-elle. Puis elle descendit l'escalier en se demandant ce qu'elle allait bien pouvoir dire à Lucille. Mais elle pensa qu'il serait plus sage de se taire.

Peu après le dîner, Lucille déclara qu'elle désirait aller se coucher.

— Moi aussi, j'ai très envie d'aller au lit de bonne heure, renchérit Delia sur le même ton. J'ai encore tellement à faire pour les Floralies ; de plus, c'est demain matin que l'on doit installer la grande tente.

Mais Lucille ne l'écoutait point.

Comme sa sœur grimpait l'escalier, la tête baissée et la démarche lourde, tellement différente de la jeune fille toujours alerte et enjouée, elle soupira. Delia vérifia que les fenêtres étaient fermées et la porte d'entrée verrouillée car le vieux Hanson oubliait certaines fois de s'en assurer. Puis elle rejoignit sa chambre. Elle se sentait presque aussi déprimée que Lucille et s'inquiétait pour son avenir. « Je déteste Lord Kenyon ! » dit-elle rageusement. Pourtant, elle savait que c'était un héros.

Le dîner au château avait été délicieux et accompagné de vins tout à fait exquis. Peu après la fin du repas, Lord Kenyon s'était entretenu avec le marquis.

Durant l'après-midi, Kenyon avait eu suffisamment de temps pour explorer la maison de fond en comble et avait trouvé, à sa grande satisfaction, que tout était parfaitement en ordre. Comme le lui avait dit sa sœur, tout cela était l'œuvre de Jeanne, au service de la famille depuis de nombreuses années. Il avait remarqué que cette dernière avait essayé de lui parler en privé, ce qu'il n'avait pas l'intention de faire avant de renconter Marc. Il voulait d'abord connaître ses véritables sentiments à l'égard de mademoiselle Winterton.

En pensant à elle, il réalisa qu'il l'avait trouvée particulièrement adorable. Il ne s'attendait pas à rencontrer une personne aussi charmante au Petit Bunbury et il regrettait de s'être laissé emporter et de s'être comporté de la sorte. Peut-être aurait-il dû l'aborder différemment. Mais sa sœur Charlotte lui avait tellement répété que la femme qui s'était amourachée de Marc était une petite friponne ! Ainsi donc, il réalisait maintenant qu'il avait agi sans aucun tact et d'une manière beaucoup trop hâtive. D'ailleurs l'aspect du manoir par lui-même aurait dû lui faire déduire que son occupante n'était pas une femme ordinaire à la recherche d'un mari riche et titré.

Comme l'après-midi touchait à sa fin, il alla se promener dans le jardin. Il ne vit pas à quel point il était beau, mais songea plutôt à la colère décelée dans les yeux gris de la jeune fille et à la dignité avec laquelle elle avait quitté la pièce. « Espérons que Marc fera preuve de bon sens et rentrera à Londres avec moi », pensa-t-il.

L'heure du dîner approchait lorsque enfin le marquis apparut. Lord Kenyon était dans la bibliothèque. Son neveu, visiblement informé de son retour, entra précipitamment dans la pièce et s'excusa allègrement :

— Oncle Kenyon ! Je ne savais pas que vous étiez rentré des Indes !

— Je suis arrivé depuis deux jours.

— Et vous êtes venu me voir ? C'est formidable ! Je commençais à me demander si vous n'apparteniez pas à une légende car cela fait bien longtemps que je ne vous avais vu.

— Eh bien me voilà, en chair et en os ! répliqua Lord Kenyon avec un sourire amusé. Et je suis ravi de voir combien la maison est parfaitement entretenue.

Il n'était aucunement question de parler de quoi que ce fût avant le dîner, et après un verre de champagne, tous deux montèrent se changer.

Impatient, le marquis posa quelques questions sur l'Inde auxquelles Lord Kenyon répondit avec humour. Maintenant, ils dégustaient un verre de cognac ; Lord Kenyon pensa que le moment était opportun pour lui exposer la véritable raison de son passage au château. Timidement, il commença :

— J'ai appris, Marc, que tu avais eu quelques petits ennuis.

Il se rendit compte que le jeune homme se raidissait, puis ce dernier demanda avec méfiance :

— Des ennuis ? Qu'entendez-vous par ennuis ?

— Ta tante Charlotte se fait beaucoup de souci pour toi.

— Je ne vois absolument pas pour quelle raison !

— Elle espérait annoncer tes fiançailles avec mademoiselle Sarah, dit calmement Lord Kenyon, mais depuis, tu n'es pas retourné à Londres.

— J'ai une très bonne raison de rester ici, coupa sèchement le marquis. J'entends connaître les fermiers tout comme les autres habitants du comté.

— Est-ce là l'unique raison ?

— Que vous a dit tante Charlotte ?

— Pour être franc, elle m'a dit que tu t'étais entiché d'une jeune fille, mademoiselle Winterton, et, l'ayant vue, je comprends que tu ne sois pas indifférent à son charme.

— Vous l'avez vue ? demanda le marquis, fort surpris. Qu'est-ce que tout cela signifie ?

— Lorsque je suis arrivé ici, tu n'y étais point, lui expliqua Lord Kenyon et j'ai souhaité voir mademoiselle Winterton.

— Mais c'est impossible !

— Comment cela, impossible ?

— Parce que... commença le marquis, sans pouvoir poursuivre.

Il regarda longuement son oncle avant de lui demander :

— Qu'avez-vous dit exactement à mademoiselle Winterton ?

— Je lui ai dit que tu étais sur le point de te marier, rétorqua Lord Kenyon.

— Mais c'est absolument faux !

— Ecoute Marc ! reprit Lord Kenyon. D'après ce que ta tante m'a dit, le duc et la duchesse auraient accepté que tu deviennes leur futur gendre, et leur fille serait naturellement consentante.

— Je n'ai pris aucun engagement auprès de mademoiselle Sarah et n'en ai nullement l'intention ! déclara le marquis. Lorsque vous ferez la connaissance de mademoiselle Winterton, que je désire vivement épouser, vous comprendrez qu'il est hors de question qu'une autre personne entre dans ma vie.

— Je t'ai simplement dit que je l'avais rencontrée, réitéra Lord Kenyon.

— C'est absolument impossible puisque Lucille a passé l'après-midi avec moi ! répliqua le marquis.

Lord Kenyon le regarda, ébahi.

— Mais... je suis allé au manoir et j'ai parlé à mademoiselle Winterton !

— Vous avez parlé à mademoiselle Delia Winterton, la sœur aînée de Lucille. Elle est, si je puis dire, persuadée que je ne suis pas la personne que sa sœur devrait épouser, et tout cela, à cause de ma réputation ! En fait, elle a même interdit à Lucille de me revoir !

Lord Kenyon posa son verre de cognac sur la table.

— Je dois être particulièrement obtus, dit-il, car j'ai réellement du mal à comprendre !

— C'est pourtant très simple, dit le marquis. Delia Winterton a été très choquée par ce qu'elle a entendu de mon comportement à Londres et des réceptions que j'ai données ici, et qui, inévitablement, doivent aussi vous choquer.

— J'imagine ce que cela devait être, murmura Lord Kenyon.

— Mais dès que j'ai rencontré Lucille, continua le marquis, j'en suis tombé amoureux et j'ai compris qu'elle était la femme que je recherchais et que je voulais épouser.

— Et a-t-elle accepté ? demanda Lord Kenyon avec un sourire très pincé.

— Au contraire, répliqua le marquis, elle use de faux-fuyants simplement parce qu'elle sait que ma famille, qui ne m'a prêté aucun intérêt jusqu'à présent, désapprouverait une telle union. Et sa sœur qui, je suppose, la chaperonne me considère comme l'être le plus méprisable qu'il soit.

Surpris par ce qu'il venait d'entendre, Lord Kenyon laissa échapper un petit rire nerveux.

— Il est vrai que je ne m'attendais pas à une telle révélation, dit-il. Ce qui m'ennuie, c'est de ne pas m'être adressé à la bonne mademoiselle Winterton !

— Et de plus, je suppose que vous n'avez pas été très correct avec elle, remarqua le marquis.

— Maintenant écoute Marc, renchérit Lord Kenyon. Il est crucial, non seulement dans ton propre intérêt mais aussi dans celui de la famille, que tu épouses une personne honorable.

— C'est tout à fait ce que j'ai l'intention de faire, rétorqua le marquis, et quoi que vous puissiez dire ou penser, je suis convaincu qu'il ne vous appartient pas, pas plus qu'à quiconque, de choisir la femme qui partagera ma vie.

— J'ai cru comprendre que tu avais rencontré mademoiselle Sarah, avança Lord Kenyon, et que tu l'avais trouvée charmante.

— En effet, elle est adorable, répondit le marquis, mais je n'en suis point amoureux. Par contre, c'est Lucille que j'aime et j'ai la ferme intention de l'épouser ; et personne ne pourra m'en empêcher !

Ses paroles avaient fusé avec une telle virulence que son oncle en resta pantois. Et, pour la première fois, il réalisa qu'il ne s'adressait plus à un jeune garçon sans expérience, mais à un homme déterminé. Il décida alors de jouer la carte de la diplomatie et ajouta, d'une voix conciliante :

— Si tels sont tes sentiments, Marc, il me faudra les respecter, et naturellement, il ne me reste plus qu'à présenter mes excuses à mademoiselle Delia Winterton pour l'avoir confondue avec sa sœur. J'espère que demain tu me présenteras cette demoiselle Winterton.

— Cela risque de ne pas être facile, dit le marquis.

— Pourquoi ?

— Tout d'abord parce que Delia Winterton ne se doutait pas que je continuais à voir sa sœur et donc, si vous lui en avez parlé, elle a dû être déçue et cela n'est pas fait pour simplifier les choses.

— Je suis vraiment navré, murmura Lord Kenyon.

— Comment aurais-je pu deviner que vous alliez commettre une telle bévue alors que j'essayais de convaincre Lucille de me présenter sa sœur pour qu'elle se fît une meilleure opinion de moi ?

— Je te présente mes plus humbles excuses, renchérit Lord Kenyon ; mais je pense qu'il serait bon que tu rentres à Londres pour en discuter avec ta tante.

— Je vois où vous voulez en venir, s'exclama

le marquis, mais vous ne parviendrez pas à m'éloigner de Lucille !

Il se leva et dit :

— Ma réponse est un refus franc et massif ! Il est hors de question que je quitte Lucille et la laisse dans les bras d'un autre homme ; j'ai l'intention de l'épouser dès qu'elle m'acceptera !

Il termina sa phrase en traversant le salon, laissant son oncle déconcerté ; puis il arpenta le couloir, franchit l'entrée principale et grimpa quatre à quatre les escaliers menant à sa chambre.

La suite du marquis était située au premier étage, au bout du vestibule. Il n'y avait que trois suites authentiques dans cette aile du château ; les autres se situaient dans l'aile ouest. Il pensa que son oncle allait peut-être dormir dans ce que l'on appelait « la suite du Prince de Galles ». En effet, George IV y avait séjourné quelque temps à la fin du siècle dernier. Il pénétra rapidement dans sa chambre et sonna pour que son valet lui apporte ses vêtements. Il devait parler à Lucille et il savait que cela ne serait pas facile. Il était convaincu qu'elle devait être bouleversée que sa sœur ait appris par Lord Kenyon qu'ils s'étaient revus.

C'était à ce moment-là qu'il aurait dû être à ses côtés. « Je l'aime ! », se dit-il, tout en enfilant ses bottes de cheval. « Personne, et certainement pas oncle Kenyon, ne pourra m'empêcher de l'épouser ! »

Il n'avait aucune envie de revoir son oncle avant d'avoir parlé à Lucille.

Aussitôt habillé, il descendit en toute hâte l'escalier de service qui l'amena à la porte la plus proche des écuries : celles-ci se trouvaient dans l'aile ouest du château qui avait été récemment rénovée et agrandie.

Il lui fut facile de trouver le valet d'écurie qui montait la garde ; il fit seller l'étalon qu'il avait l'habitude de monter. Puis il traversa le parc où les derniers rayons de soleil s'estompaient derrière les vieux chênes ; l'étoile du Berger scintillait faiblement au crépuscule. C'était la pleine lune.

Il se demandait s'il parviendrait à persuader Lucille de s'échapper du manoir pour chevaucher à ses côtés, soit dans la forêt, soit vers l'un de ces endroits secrets qu'ils avaient découverts lors de leurs dernières promenades. « Quoi qu'il en soit, il faut que je lui parle, pensa-t-il, il faut que je lui dise que rien, hormis notre amour, n'a d'importance. »

En même temps il avait peur, car il savait combien ses réceptions avaient scandalisé le village, et évidemment Delia Winterton.

— Je suppose, avait-il dit à Lucille, que votre sœur a entendu parler des réceptions que j'ai données, et de la façon dont tout le monde s'était comporté ?

Lucille avait souri.

— Tout le village ne parle plus que de cela !

Elle l'avait regardé, les yeux grands ouverts, et lui avait demandé :

— Est-il vrai que les invitées dansaient sur le toit avec pour unique tenue leur chemise de nuit ?

— Elles dansaient effectivement sur le toit, reconnut le marquis, mais certaines étaient plus décemment vêtues.

Lucille avait souri à nouveau.

— Et lorsque les gens du village auront fini d'en parler, elles ne porteront plus rien du tout !

— Je me rends compte maintenant à quel point j'ai été stupide de les faire venir ici, avait déclaré le marquis avec regret. J'aurais mieux fait d'aller dans un de ces hôtels spécialisés.

— Est-ce que cela existe vraiment ? avait demandé Lucille fort intéressée. Et que se passe-t-il lorsqu'il y a deux réceptions semblables en même temps ?

— Vous n'êtes pas censée connaître ce genre de choses, lui avait-il répondu, donc je ne vous en dirai pas plus.

De nouveau Lucille sourit car elle avait très envie de le taquiner. Par contre, le marquis se maudissait de s'être fait une réputation aussi mauvaise, non seulement à Londres mais aussi au Petit Bunbury. Il se rappelait un peu tard ce vieil adage : « Nul oiseau ne détruit son propre nid ! » C'était pourtant ce qu'il avait fait. Lucille était tellement belle qu'il souhaitait la protéger et la garder pure.

Il voulait éviter qu'elle connût ce côté peu reluisant de la vie qu'il avait pourtant trouvé, à une certaine époque, amusant. Avec le recul, il réalisait qu'il s'agissait d'une forme indéniable de rébellion car sa mère l'avait empêché de faire ce qu'il voulait pendant des années qui lui avaient paru des siècles. Son enfance avait été pleine de tabous et d'interdits.

Riche et libre, il avait voulu connaître ce que représentait « la belle vie à Londres », dans toutes les acceptions du terme : il y avait trouvé des femmes qui, d'un simple regard, tombaient dans ses bras. Certaines l'avaient flatté et cela l'avait amusé. D'autres lui avaient enseigné des centaines de choses qu'il n'aurait jamais imaginées.

Il avait rencontré des hommes qui voulaient boire, jouer avec lui et le défier dans divers sports dont il ignorait l'existence ou auxquels il n'avait pas eu le droit de participer lorsqu'il vivait dans le Nord. Cela était fascinant. Manger trop de foie gras ou boire trop de champagne étaient des choses qui le comblaient. Mais inévitablement, les lendemains se traduisaient par des migraines effroyables. Et, aujourd'hui, en y repensant, il regrettait de ne pas avoir été plus sobre.

Mais Lucille avait compris, et pour cela il la trouvait adorable. Elle était non seulement jeune, belle, candide et sans expérience, mais aussi intelligente. Elle avait compris, du fait de son éducation française, que les hommes étaient différents des femmes. Un homme peut se permettre des fredaines jusqu'à ce qu'il tombe amoureux d'une femme et alors, nulle autre n'existera à ses yeux.

« C'est de cette manière que j'aime Lucille », pensa-t-il. Il franchit le portail au bout du parc puis remonta l'allée, sauta à terre et attacha son cheval à un arbre puis continua à pied. Il savait où se trouvait la chambre de Lucille : celle-ci donnait sur le devant de la maison, alors que celle de Delia avait vue sur le jardin. Elle lui avait raconté tant de choses sur sa vie, sur la façon dont elle et sa sœur vivaient.

Le marquis savait qu'à cette heure-ci, les domestiques dormaient tranquillement de l'autre côté du manoir. Personne ne risquait de l'entendre ou de le voir.

Il atteignit l'allée recouverte de gravier et poursuivit vers la chambre de Lucille. La fenêtre était ouverte et l'on devinait de la lumière derrière les rideaux. Il siffla à plusieurs reprises. Bientôt le rideau s'ouvrit et Lucille apparut. Maintenant les étoiles scintillaient dans le ciel et la lune jouait à cache-cache avec les arbres. Même s'il avait fait nuit noire, Lucille aurait reconnu ce sifflement entre mille. Elle se pencha à la fenêtre.

— Il faut que je vous voie ! chuchota le marquis.

Lucille fit un signe de la tête et lui indiqua du doigt une porte juste en dessous, à droite. En réponse, il lui fit signe pour lui montrer qu'il avait compris et se dirigea dans cette direction.

Lucille se retira de la fenêtre.

Comme elle ne portait qu'une chemise de nuit, elle revêtit prestement une robe de chambre en satin bleu, légèrement plus clair que le bleu de ses yeux. Elle était bordée de dentelle et le boutonnage sur le devant n'était qu'une multitude de perles. C'était en fait une petite robe de chambre bien sage.

Finalement elle hésita, se demandant si sa tenue n'était pas quelque peu indécente. Se ravisant, elle pensa que ce serait une erreur de sa part de faire attendre le marquis, d'autant plus que quelqu'un pourrait remarquer sa présence ou bien que Delia pourrait se douter de quelque chose et venir dans sa chambre. Mais elle avait entendu sa sœur aller se coucher une heure auparavant. Néanmoins, elle ne voulait prendre aucun risque et souffla les bougies qui éclairaient sa chambre. Puis elle traversa le couloir sur la pointe des pieds, ses pantoufles à la main. Pour descendre l'escalier, seule une faible lueur la guidait : elle provenait des vieilles fenêtres au verre coloré et aux blasons héraldiques qui se trouvaient de chaque côté de la porte d'entrée. Elle savait qu'elle ne devait surtout pas l'ouvrir. Elle se dirigea ensuite vers l'endroit qu'elle avait indiqué au marquis. Il y avait là une petite porte de jardin, très facile à ouvrir et qui ne faisait aucun bruit.

Il était là.

A peine avait-elle ouvert la porte, qu'il se précipita et l'enlaça. Il l'embrassa d'abord fougueusement et passionnément, puis leur étreinte devint plus romanesque. Tout son corps lui appartenait et elle savait que les larmes étaient inutiles ; sa crainte qu'il ne voulût point d'elle se dissipa.

« Je vous aime ! Je vous aime ! » voulait-elle lui dire, mais les mots n'étaient pas nécessaires. Ses lèvres lui révélaient à quel point il la désirait et combien leur amour était fort. Lucille se sentit transportée vers les cieux. Le marquis leva la tête :

— Il faut absolument que je vous parle, mon amour ! lui chuchota-t-il.

Elle referma alors la porte. Le prenant par la main, elle l'emmena à travers un long couloir vers une pièce très accueillante, où sa mère avait jadis coutume de venir écrire son courrier. Cette pièce était remplie de petits trésors offerts par sa famille ou qu'elle avait elle-même rapportés de ses voyages avec son mari. Une douce senteur se dégageait des fleurs que Delia avait elle-même fait sécher pendant l'hiver.

Lorsque Lucille alluma une chandelle sur la cheminée, le marquis découvrit un portrait de son père en uniforme. La flamme de la bougie faisait ressortir l'éclat doré des cheveux de Lucille et le bleu de ses yeux ; elle resta là, le regard rivé sur lui.

Il s'approcha d'elle et la serra tendrement dans ses bras : elle représentait ce qu'il désirait le plus au monde.

— Je vous aime, et je ne pouvais pas aller me coucher sans vous le dire ! lui dit-il d'une voix tremblotante.

— Je pensais que peut-être... votre oncle... vous... persuaderait de... retourner à Londres et... de m'oublier, balbutia Lucille.

— Je me doutais que vous alliez croire cela, lui répondit le marquis, mais je lui ai dit la vérité.

— Que... que voulez-vous dire ?

— Que je vous aime et que nous allions nous marier !

— Oh, Marc... est-ce que c'est réellement ce que vous souhaitez ?

Il serrait si fort Lucille qu'elle avait du mal à respirer; puis il l'embrassa ardemment comme s'il ne voulait pas la laisser s'échapper.

5

Delia se leva, encore à moitié endormie. Elle avait rêvé qu'elle préparait les billets d'attribution des prix pour les Floralies ; en réalité, c'était ce qu'elle avait fait la veille, pratiquement toute la journée. Mais une fois réveillée, elle réalisa avec soulagement qu'elle avait tout terminé.

Elle repensa à la conversation particulièrement violente qu'elle avait eue avec Lord Kenyon où elle avait été tout à fait consciente des différences existant entre eux.

Cependant, elle regrettait maintenant de ne plus avoir d'occasions pour le rencontrer ; elle aurait tellement aimé qu'il lui parlât de l'Inde qui l'avait toujours fascinée.

Son père lui avait décrit l'époque où il était au service des lanciers du Bengale : c'était avant son mariage avec sa mère et avant son retour en Angleterre. Il avait servi son pays jusqu'à la mort de son père. Puis il avait estimé plus raisonnable de revenir au Petit Bunbury.

Néanmoins, jamais il n'avait oublié le

charme et la beauté de l'Inde. Pour lui, servir dans un régiment si célèbre et si réputé pour ses prouesses équestres avait été un réel plaisir.

Il avait même eu l'occasion de participer au « Grand Jeu », et Delia avait trouvé cela beaucoup plus captivant que tout ce qu'elle avait lu jusqu'alors.

Elle avait également beaucoup parlé de religion avec son père et s'était rendu compte de ses connaissances sur les Védas, anciens écrits sanskrits qui l'intriguaient tant. « Lord Kenyon aurait pu me parler de toutes ces choses », pensa-t-elle en soupirant.

Malheureusement, la guerre était déclarée entre eux. Elle essaya de se reconcentrer sur les Floralies lorsqu'une conversation qu'elle avait à peine écoutée lui revint soudain à l'esprit. Elle travaillait dans le cabinet de son père où elle préparait les Floralies. De sa plus belle écriture, elle inscrivait, en haut des cartes, les différentes catégories. Elle en était à la quatrième lorsque Flo était entrée dans la pièce. Elle avait levé la tête et Flo lui avait dit :

— J'voudrais pas vous déranger, mam'selle Delia, mais c'est le jour des cuivres et j'voudrais pas prendre du retard.

— D'accord, avait répondu Delia, ne voulant point la contrarier.

Elle avait espéré que Flo travaillerait en silence car elle savait combien elle était bavarde ; mais ses espoirs furent vains : tout en prenant un tisonnier, elle avait dit :

— Qu'est-ce qu'vous en pensez, mam'selle ?

Y'a des étrangers au village qui ont l'air bien bizarre !

Delia n'avait rien répondu mais cela n'avait pas déconcerté Flo qui avait poursuivi :

— J'suis allée chez M'dame Geary et y'avait quelqu'un qui posait des questions sur le château et j'trouve même qu'elles étaient un peu indiscrètes.

Après avoir astiqué le tisonnier, elle avait entrepris de nettoyer les pincettes.

— Y disent qu'ils écrivent un livre sur nos vieilles maisons anglaises, mais si on m'demande, j'dirai qu'c'est des rigolos !

Delia n'avait toujours rien dit et Flo avait rajouté :

— Y veulent tout savoir sur le château, combien y'a de domestiques, à quoi ressemblent les salons, comment sont les chambres à coucher et qui les occupe !

Flo avait réussi à faire briller les pincettes comme de véritables miroirs.

— M'dame Geary leur raconte tout c'qu'ils veulent entendre ! avait-elle ajouté en empoignant une petite pelle. Une fois partis, j'lui ai dit : Pourquoi vous leur racontez tout ? Parce qu'ils sont en train d'écrire un livre, avait répondu M'dame Geary. Qu'est-ce q'vous en savez, lui ai-je répondu ; si ça se trouve, ce sont des bandits. M'dame Geary s'est mise à rire, mais je lui ai dit : J'ai pas confiance aux étrangers, un point c'est tout !

Flo avait grommelé et poursuivi :

— Si vous les aviez vus, mam'selle Delia, j'suis sûre que vous auriez dit la même chose.

Il était évident qu'elle attendait une réponse mais Delia avait simplement demandé :

— Comment peux-tu savoir que ce sont des étrangers ?

— Aucun doute ! avait répliqué Flo ; cheveux noirs, yeux noirs, peau basanée, en plus, ils ont de grosses pommettes et si vous voulez tout savoir ils viennent d'un pays de l'Est que j'connais même pas !

Sur ces mots, Flo avait quitté la pièce, emportant son nécessaire pour nettoyer les cuivres. Avec un soupir de soulagement, Delia avait pu se concentrer à nouveau sur les Floralies.

C'était seulement maintenant que l'histoire de Flo lui revenait à l'esprit. En effet, il était extrêmement rare que des étrangers séjournent au Petit Bunbury. Soudain, la description faite par Flo lui fit penser qu'il s'agissait peut-être de Russes. A cette conclusion, elle se redressa sur le sofa. Évidemment, c'étaient des Russes ! Et ils étaient à la recherche de Lord Kenyon. C'était pour cela qu'ils posaient autant de questions sur le château.

Delia se leva d'un bond, alluma une chandelle et enfila sa tenue d'amazone et son chemisier blanc, suspendus dans son armoire. Peut-être se moquerait-on d'elle à son arrivée au château, mais au moins voulait-elle avertir le valet de pied que la vie de Lord Kenyon était en danger. Elle se devait de le faire, même si elle savait que cela ne la regardait pas vraiment. Si demain on le trouvait mort, elle aurait des remords jusqu'à la fin de ses jours. Son père lui avait bien dit que les hommes qui entraient dans le « Grand Jeu » jouaient avec leur vie ; beaucoup y avaient même trouvé la mort.

— C'est la raison pour laquelle il faut être extrêmement discret, lui avait-il dit. Tu ne dois en aucun cas raconter à quiconque ce que je t'ai dit, ma chérie, car les Russes ont des oreilles partout.

— Je vous le jure, avait murmuré Delia, alors que son père poursuivait :

— Dès l'instant où ils connaissent l'identité d'un individu, tôt ou tard le malheureux a un accident ou disparaît simplement...

— Mais c'est horrible, papa !

— D'une certaine façon, oui, mais en même temps c'est très excitant de savoir que quelques personnes osent se mesurer à un ennemi implacable qui œuvre pour détruire la paix en Inde.

— Mais vous auriez pu vous faire tuer, avait objecté Delia.

Son père l'avait regardée en souriant.

— Peu m'importait de mourir, avait-il répliqué, mais j'avais peur d'être torturé !

— Que voulez-vous dire ? Ils... torturent les hommes... qu'ils... capturent ?

— Généralement oui, et ce pour en savoir plus sur leurs compatriotes, avait répondu son père. C'est pourquoi chaque homme du « Grand Jeu » possède un numéro et n'a aucune idée de l'identité de la personne avec laquelle il est en relation.

Delia avait toujours été très intriguée par

tout ce que son père lui avait raconté et ses histoires lui revenaient souvent à l'esprit. Maintenant, elle avait la certitude que les deux hommes qui avaient obtenu des informations de madame Geary étaient des Russes, fermement déterminés à retrouver Lord Kenyon. Peut-être le cherchaient-ils pour le torturer et ensuite le tuer.

Delia enfila ses bottes et dévala l'escalier sans prendre ni veste ni chapeau. Elle arriva dans le vestibule, éclairé par la lumière de la lune qui se faufilait à travers les fenêtres. Elle était sur le point d'ouvrir la porte d'entrée lorsqu'elle aperçut de la lumière sous la porte de la chambre de sa mère.

Instinctivement, elle s'avança et ouvrit la porte : Lucille et le marquis étaient assis sur le sofa, tendrement enlacés. Tous trois restèrent figés jusqu'à ce que Delia lâche avec empressement :

— Lord Kenyon est en danger de mort ! Il y a deux Russes au château qui, je pense, veulent le tuer !

Le marquis la regarda, stupéfait. Puis, comme il se levait, Delia ajouta :

— Faites-moi seller un cheval ! Lucille vous montrera où se trouve l'écurie pendant que j'irai chercher les pistolets de mon père.

Elle entendit Lucille chuchoter quelque chose mais ne comprit pas. Elle courut à travers le vestibule ; en face de la porte d'entrée s'ouvrait la salle d'armes dans laquelle se trouvait un râtelier, fermé par deux ventaux vitrés. C'est là que l'on rangeait les fusils et les carabines de chasse de son père. Elle savait qu'un des tiroirs renfermait trois pistolets dont un avait été utilisé par son père lorsqu'il était officier.

Les deux autres étaient un peu plus récents. Dès leur plus jeune âge, il avait appris à Delia et à Lucille le maniement de ce genre d'arme.

— Toutes les femmes devraient savoir se défendre ! avait-il dit lorsque leur mère avait déclaré que cet apprentissage n'était nullement indispensable.

Madame Winterton avait alors souri.

— Chéri, nous sommes en Angleterre et non plus en Extrême-Orient. Je reconnais que là-bas, c'était nécessaire.

— Je t'ai appris à tirer, avait répliqué le colonel Winterton, et je pense que nos filles doivent savoir le faire car cela peut toujours servir.

Madame Winterton avait ri. Son mari avait ensuite placé une cible au fond du jardin. Il ne pouvait s'empêcher de parader devant ses filles pour leur montrer son adresse.

— Dans le mille à chaque coup ! s'était exclamé son mari avec satisfaction.

Et elle avait répliqué :

— C'est parce que j'ai eu un très bon maître !

De toute évidence, le colonel Winterton avait été un excellent professeur pour ses filles : Delia et Lucille tiraient avec grande précision. Afin de les encourager, leur père avait montré comment il faisait pour atteindre le centre de la cible, et toutes deux étaient résolues à en faire autant.

C'est cette astuce que Lucille s'était vantée

d'utiliser lorsqu'elle était en France. Une de ses amies refusait de la croire jusqu'à ce qu'elle fût invitée dans son château. Lucille avait alors montré ses talents à l'aide d'un pistolet de duel, à la plus grande admiration des frères de sa camarade.

Delia venait de trouver les pistolets qu'elle cherchait ; elle prit le plus gros pour le marquis et un plus petit pour elle. Elle savait que Lucille insisterait pour les accompagner et elle en prit donc un troisième pour sa sœur.

Emportant les pistolets et une réserve de cartouches, elle retourna dans le vestibule d'où elle aperçut le marquis qui ramenait son cheval, suivi de Lucille.

Delia redoutait tant d'arriver trop tard et de trouver Lord Kenyon mort qu'elle ne remarqua pas que sa sœur portait une robe de chambre pour unique vêtement. Elle courut vers le marquis et lui tendit un pistolet et des cartouches qu'il plaça dans la poche de sa veste.

— Comment avez-vous su pour les Russes ? demanda-t-il en lui adressant la parole pour la première fois.

— Je vous expliquerai plus tard, rétorqua sèchement Delia. Je viens seulement de comprendre ce qui se trame.

Le marquis l'aida à monter sur son cheval. Elle empoigna les rênes puis lui tendit le troisième pistolet en disant :

— Donnez-le à Lucille.

Il s'exécuta aussitôt, puis s'avança vers la barrière où il avait attaché son cheval. Delia descendit la première l'allée et tourna à gauche en arrivant à la route. Quelques minutes plus tard, ils entraient tous les trois dans le parc. Delia chevauchait aussi rapidement qu'elle le pouvait. Elle pensait que si les Russes avaient déjà exécuté Lord Kenyon, ils les croiseraient probablement sur ce chemin. Elle était déterminée à aller jusqu'au bout, persuadée que la vie de Lord Kenyon était menacée. Elle n'avait même pas été surprise que le marquis ait cru aussi rapidement à son histoire. Celui-ci n'avait posé en effet aucune question.

Arrivant au niveau des trois derniers arbres qui bordaient l'allée, le marquis ralentit. Un instant plus tard, elle découvrit ce qu'il avait aperçu : un équipage à deux chevaux venait de la maison et traversait le pont au-dessus du lac. Il était encore relativement loin.

Instinctivement, Delia tira son cheval sur le côté, et le marquis en fit autant.

— Nous devons à tout prix les arrêter ! murmura-t-elle.

— Absolument ! rétorqua-t-il. De toute façon, il est peu probable qu'il y ait d'autres personnes qui me cherchent à cette heure-ci !

— Les Russes faisaient des recherches au village pour savoir où Lord Kenyon demeurait.

Elle nota que le marquis se crispait mais il ne dit mot : ses yeux étaient rivés sur l'attelage qui venait dans leur direction. Il se plaça au milieu de l'allée et Delia le suivit. Une seconde plus tard, Lucille amena son cheval de l'autre côté. Il ne leur restait plus qu'à attendre.

A la lueur de la pleine lune, ils distinguèrent deux hommes conduisant l'équipage : ils se dirigeaient vers eux et les obligèrent à arrêter leurs chevaux. L'un d'eux s'exclama dans une langue qui n'était pas de l'anglais :

— Laissez-moi passer ! Nous sommes pressés !

— Je suis le marquis de Shawforde, répliqua ce dernier. Comme vous êtes sur mes propriétés, je souhaite savoir qui vous êtes et où vous allez.

— Dégagez ou vous allez le regretter, s'exclama d'un ton hargneux l'homme assis derrière le conducteur.

Les choses allèrent alors très vite. Tout en parlant, l'homme porta la main à sa ceinture. Sans hésiter Delia tira, le blessant au bras. L'étranger laissa alors échapper un cri de douleur. Avant que le second ne parvienne à atteindre son arme, Lucille qui avait dégainé le blessa à l'épaule.

Le marquis n'avait pas encore sorti son pistolet ; il s'approcha de l'attelage et mit pied à terre. Puis il ouvrit la porte : Lord Kenyon gisait sur le siège arrière, bâillonné et ligoté. Le marquis s'aperçut que Delia avait amené son cheval de l'autre côté de la voiture. Elle se pencha pour voir ce qu'il y avait à l'intérieur.

— Empêchez ces hommes de bouger, dit-il d'un ton acerbe.

Puis il s'agenouilla à côté de son oncle et lui retira son bâillon. Le clair de lune lui fit découvrir que les yeux de Lord Kenyon étaient fermés. Un instant il craignit qu'il ne soit mort, mais il sentit battre son cœur.

Les deux étrangers gémissaient sur leur

siège, se tordant de douleur. Lucille les surveillait, le pistolet à la main. Le marquis tira l'un d'eux à terre et le fit rouler sur l'herbe ; puis, contournant la voiture, il en fit autant à son complice. Lorsqu'il vint récupérer les rênes de l'attelage, Delia lui glissa doucement à l'oreille :

— N'est-il pas dangereux de ramener Lord Kenyon au château, car il y a peut-être d'autres Russes qui savent où il se trouve ?

Le marquis, sur le point de s'installer sur le siège du conducteur, lui demanda :

— Probablement, mais que proposez-vous ?

— Je pense qu'il est préférable de l'emmener au manoir, répliqua Delia et je crois qu'il faut éviter que l'on ne trouve ces deux blessés sur votre domaine.

— Vous avez raison, acquiesça le marquis.

Il descendit de la voiture, ce que souhaitait Delia, et se dirigea vers Lucille. En la regardant, il lui dit :

— Votre sœur pense que nous devons empêcher ces démons de savoir où se trouve mon oncle en attendant qu'il recouvre ses esprits.

— Il est... vivant ? demanda Lucille.

— Oui, Dieu merci ! répondit le marquis. Je vais de ce pas désarmer ces deux bandits et j'aimerais, ma chérie, que vous les gardiez ici jusqu'à ce que je sois de retour. S'ils vous posent le moindre problème, tirez-leur dans les jambes.

— D'accord, répliqua Lucille, mais... par pitié, revenez vite.

— Je ferai de mon mieux et je vous promets

d'être aussi rapide que l'éclair, lui dit le marquis avec un sourire complice.

Il était impossible que Delia ne comprît pas combien leur amour était fort. Le marquis n'avait même pas effleuré Lucille mais c'était comme s'il la serrait dans ses bras. Après avoir récupéré les pistolets des deux hommes, il remonta sur le siège du conducteur. Lentement et prudemment, ils repartirent alors en direction du manoir.

Une fois arrivée, Delia attacha son cheval à un tronc d'arbre, puis courut vers la voiture d'où le marquis essayait de sortir Lord Kenyon. Elle l'aida à le soulever et ils le portèrent jusque dans le vestibule.

— Mettons-le sur le sofa pour le moment, nous le monterons plus tard à l'étage, dit Delia.

— D'accord, acquiesça le marquis.

Avec quelques difficultés car il était assez lourd, ils transportèrent Lord Kenyon dans le salon puis l'allongèrent sur le sofa.

— Je dois venir avec vous, dit Delia. Au moins ici, il sera en sécurité.

— Merci beaucoup ! dit doucement le marquis en enlevant les liens qui entravaient les jambes de son oncle.

Delia n'entendit pas car elle était déjà partie chercher deux couvertures de voyage dans une vieille armoire en chêne. Elle les apporta dans le salon, persuadée que Lord Kenyon aurait froid car il ne portait qu'une chemise de nuit. Elle le recouvrit puis suivit le marquis. Avant de refermer la porte, elle se retourna une dernière fois. Lord Kenyon était allongé, la tête au creux d'un oreiller de satin. Il était très beau les yeux fermés. Mais Delia eut un frisson qui lui parcourut tout le corps : on aurait dit que le jeune homme gisait dans un cercueil.

Malgré ce que le marquis lui avait dit, elle avait peur qu'il ne fût mort. Puis elle se ravisa, pensant qu'elle aurait le temps de s'occuper de lui plus tard ; pour le moment, le plus urgent était d'éloigner ces hommes de la propriété du marquis.

Sans dire le moindre mot, le marquis l'aida à s'asseoir sur son cheval puis il lui remit les rênes. Ensuite, il s'installa et fouetta les chevaux pour retourner en toute hâte vers le château.

Lucille les attendait au milieu de l'allée, là où ils l'avaient laissée. Elle était adorable dans sa robe de chambre bleue, les rênes dans une main, son pistolet dans l'autre. Les deux blessés gisaient là et n'avaient pas bougé. Delia aperçut du sang couler au poignet de l'un et une tache sombre sur la veste de l'autre. Ceux-ci recommencèrent à protester ; le marquis les traîna l'un après l'autre vers la voiture et les jeta à l'arrière du véhicule.

Dans un premier temps, ils s'exprimèrent en russe comme s'ils étaient incapables de le faire en anglais ; puis l'un des hommes s'écria :

— Nous allons mourir ! Nous voulons un médecin !

— Débrouillez-vous pour en trouver un ! répliqua le marquis en leur claquant la porte au nez.

Puis s'asseyant sur le siège du conducteur, il

reprit les rênes. Les chevaux, qui avaient certainement parcouru un long chemin pour venir jusqu'au château, étaient trop fatigués pour se montrer récalcitrants. Docilement ils obéirent, comme résignés. Le marquis refit le chemin inverse, en conduisant plus rapidement que lorsqu'il transportait Lord Kenyon. Delia pensait que les blessés auraient du mal à supporter les creux et les bosses et qu'ils devaient énormément souffrir. « Après tout, c'est ce qu'ils méritent », jugea-t-elle. Cependant, elle pouvait difficilement supporter de voir quelqu'un en train de souffrir, même s'il s'agissait de Russes.

L'attelage atteignit la route. Delia remonta à la hauteur de celui de Lucille.

— Je file voir comment va notre patient, dit-elle.

Tout en parlant, elle regarda, surprise, sa sœur. Elle s'aperçut seulement à ce moment-là qu'elle portait une robe de chambre. Sans dire un mot, elle fonça en direction de la maison. Fort heureusement, aucun des valets ne serait debout à cette heure tardive de la nuit et, donc, elle n'aurait pas à se justifier.

Elle conduisit son cheval dans sa stalle, lui retira la selle et la bride, puis se dirigea prestement vers la maison. Lord Kenyon était tel qu'elle l'avait laissé. Il ressemblait à un véritable chevalier.

Elle s'agenouilla à son chevet pour s'assurer qu'il était encore vivant et lui effleura d'abord le front. Il n'était certes pas très chaud, mais il vivait. Pour se rassurer, elle souleva les couvertures et glissa la main sous sa chemise de nuit pour sentir son cœur. Lorsque sa main effleura la peau nue de Lord Kenyon, elle se sentit rougir. Mais elle se trouva très vite ridicule : il s'agissait tout simplement d'un blessé qui avait besoin d'aide. Son cœur battait assez faiblement. Elle se demandait ce qu'avaient bien pu lui faire les Russes pour qu'il ait perdu connaissance.

Elle s'imagina qu'ils étaient peut-être entrés dans sa chambre pendant son sommeil. Ils avaient réussi à le retrouver grâce à la description de madame Geary. Ils lui avaient probablement assené un coup sur la tête pour ensuite lui faire subir un interrogatoire. Par conséquent, ils n'avaient pas dû le frapper trop fort, pour qu'il recouvre facilement ses esprits. En tout cas, il n'avait aucune trace de blessure.

« Il faut le monter à l'étage, pensa-t-elle, puis faire venir rapidement un docteur. » Mais elle savait qu'il lui serait impossible de se taire ; et ce serait une grossière erreur si tout le monde, dans le voisinage, apprenait ce qu'il était advenu de Lord Kenyon.

Elle était certaine que, jusqu'alors, personne au Petit Bunbury n'avait entendu parler de ses exploits en Inde. Cependant, Lucille lui avait dit que l'on en parlait déjà à Londres. Cela signifiait que, tôt ou tard, son histoire arriverait aux oreilles des gens du village. « En attendant, il va falloir être très prudents », pensa Delia.

Elle grimpa l'escalier et s'assura que le lit de ses parents était fait. Les taies d'oreillers et les draps étaient bordés d'une magnifique dentelle. Le linge avait toujours une odeur de lavande car sa mère insistait pour que l'on mît des petits sachets dans les armoires à linge. Ce parfum s'ajoutait à la senteur qui émanait des fleurs du jardin. Elle alluma les chandelles de chaque côté du lit. Puis elle sortit des pansements ; sa mère en avait toujours de disponibles en cas de besoin. Elle redescendit ensuite en toute hâte. Elle espérait que Lucille et le marquis ne tarderaient pas.

Ceux-ci arrivèrent dix minutes plus tard, et Lucille entra la première.

— Comment va-t-il ? demanda-t-elle en apercevant Delia agenouillée près de Lord Kenyon.

— Il est en vie, répondit Delia, mais son état est très préoccupant et je me demande s'il ne serait pas plus sage de faire venir un docteur.

Les sœurs étaient tellement proches l'une de l'autre que Lucille comprit ce qu'elle voulait dire.

— Nous devrions demander à Marc, répliqua-t-elle. Il est en train de rentrer mon cheval à l'écurie pour que personne ne sache que je suis sortie.

— Très bien, ajouta Delia.

Elle s'imaginait que tout le village serait scandalisé en apprenant ce qui s'était passé, et qu'il serait certainement horrifié de voir Lucille en robe de chambre, dans une telle situation. Comme si Lucille devinait ce à quoi pensait sa sœur, elle lui demanda :

— Veux-tu que je monte me changer ?

Delia sourit :

— C'est trop tard maintenant.

Au même moment, le marquis entra. Tout comme l'avait fait Lucille, il demanda :

— Comment va-t-il ?

— Il est vivant, répondit Delia, mais je pense que nous devrions l'emmener en haut.

— Allons-y.

Il le prit par-dessous les aisselles et les deux jeunes filles par les pieds. Ils réussirent ainsi à le monter avec quelques difficultés puis l'installèrent dans la chambre à coucher que Delia avait préparée. Une fois allongé, elle lui posa à nouveau la main sur le front.

— Je pense qu'ils ont dû le frapper sur la tête, dit-elle, et je crois que nous devrions le faire examiner.

— J'y ai pensé, renchérit le marquis, mais comme il faut absolument que tout ceci reste secret, je vais aller au château chercher son valet de chambre.

Comme il s'aperçut que Delia le regardait étonnée, il lui dit :

— On m'a dit qu'il avait dû arriver tard dans l'après-midi, avec les bagages de mon oncle ; Higgins était avec lui en Inde et je pense qu'il est au courant de beaucoup de choses.

Il se rendit compte que Delia était indécise et il ajouta :

— Oncle Kenyon m'a raconté qu'Higgins l'avait soigné lorsqu'il a eu la malaria et une autre fois, lorsqu'il a été blessé. J'ai l'impression qu'il serait aussi efficace qu'un médecin.

— S'il vous plaît, allez le chercher, demanda Delia, et si vous trouvez un moyen d'empêcher votre maisonnée de parler, je m'assurerai que personne ici ne dévoilera sa présence.

— Je ferai de mon mieux, répliqua le marquis, mais comme vous le savez, les domestiques sont de véritables moulins à paroles!

Delia savait qu'il avait raison et elle esquissa un léger sourire. Comme le marquis se dirigeait vers la porte, Lucille le suivit. Delia les entendit parler à voix basse. Qu'importe ce que l'on disait de lui, elle avait maintenant la certitude que sa sœur l'aimait et qu'elle ne pouvait espérer trouver un jeune homme à l'esprit plus vif et plus décidé.

Lucille revint sur ses pas et déclara:

— Marc et moi avons laissé les Russes sur la route principale et je crois qu'ils auront bien du mal à expliquer ce qui leur est arrivé si on les retrouve! S'ils nous accusent de les avoir blessés, ce qui est peu probable, Marc est prêt à dire qu'il les a surpris en train de commettre un vol au château et qu'il leur a tiré dessus pour nous défendre.

— Tout cela ressemble de plus en plus à une histoire tirée d'un roman! s'exclama Delia, et je n'arrive pas à croire que tout se soit réellement produit.

— Marc dit que tu as été admirable, reprit Lucille, et particulièrement rusée d'avoir deviné que les Russes étaient à la recherche de Lord Kenyon.

— C'est plutôt Flo que nous devons remercier, répliqua Delia. Comme à son habitude, elle n'arrêtait pas de parler pendant que j'essayais de me concentrer sur les prix à attribuer lors des Floralies. En fait, rien n'avait retenu mon attention jusqu'à ce que je me réveille et me souvienne de ce que tu m'avais raconté à propos de Lord Kenyon.

— Comment as-tu su que les Russes étaient là ?

— C'est Flo qui m'a dit que des hommes enquêtaient sur le château, prétextant écrire un livre, et qu'ils allaient jusqu'à demander la description des chambres à coucher !

— Et bien sûr, c'est madame Geary qui les a renseignés !

— Naturellement ! Tu sais qu'elle ne peut pas s'empêcher de parler du château et de raconter à quiconque l'écoutera ce qu'elle sait ou croit savoir.

Lucille se mit à rire.

— Eh bien, cette fois-ci, la commère du village s'est rendue utile et a sauvé la vie à Lord Kenyon !

Delia le regarda, plutôt inquiète, car il ne bougeait toujours pas. Puis elle ajouta :

— Je suis sûre qu'ils l'ont simplement assommé, car s'ils voulaient l'interroger ils ne pouvaient se permettre de le tuer. C'est la raison pour laquelle ils l'emmenaient.

— Je n'arrive pas à croire que tout cela se soit passé au Petit Bunbury ! reprit Lucille. J'ai toujours cru que c'était un petit coin perdu où rien de sensationnel ne se produisait !

Delia sourit.

— Je crois qu'il y a eu suffisamment d'émotions et d'agitation pour aujourd'hui, et j'espère que le marquis ne va pas tarder.

— Reconnais qu'il peut être très efficace s'il le faut, renchérit fièrement Lucille.

— En fait, je dois avouer qu'il a été merveilleux ! reconnut Delia.

Elle remarqua la joie dans les yeux de sa sœur et trouva cela très émouvant.

— Je suppose, ajouta Lucille, que tu aurais bien pris une tasse de thé maintenant, mais ce serait une erreur d'aller dans la cuisine.

— Absolument, acquiesça Delia. Il ne faut en aucun cas éveiller les soupçons des domestiques avant que je n'aie pu leur dire que nous avions un visiteur inattendu.

Elle réfléchit un instant et poursuivit :

— Demain, peut-être, leur dirons-nous que Lord Kenyon s'est trouvé mal alors qu'il passait près de la maison et que nous l'avons accepté comme notre hôte.

Elle quitta alors la chambre et grimpa en haut de l'escalier pour mieux apercevoir le retour du marquis. Une demi-heure plus tard il arrivait, flanqué d'un homme mince, au visage creux, qui avait probablement été dans l'armée. Néanmoins, il possédait toutes les caractéristiques et les attitudes d'un valet.

— Bonsoir, mam'selle ! dit-il à Delia. M'sieur le marquis dit que le maître a des ennuis ! Ça n'me surprend pas ! Dès que je le quitte une minute des yeux, il lui arrive quelque chose !

Il parlait d'une façon si comique que Delia ne put s'empêcher de rire. Puis elle lui dit :

— Je suis en fait très inquiète à son propos car il n'a pas encore bougé depuis que nous l'avons amené ici.

Higgins se rendit au chevet de son maître. Machinalement, il posa la main sur son front.

— Il risque de souffrir un moment, dit-il, ils l'ont frappé très violemment avec quelque chose de contondant, j'ai l'impression, car j'ne vois aucune blessure !

— Que pouvons-nous faire ? demanda Delia.

— Rien pour l'instant, répondit Higgins. Laissons-le revenir à lui naturellement.

Higgins insista pour que tout le monde allât se coucher. Lui seul le veillerait. Delia lui indiqua la salle de couture où il pourrait dormir juste à côté.

— Je suppose, dit-elle d'une voix hésitante, que le marquis vous a expliqué que nous ne voulions pas que le personnel entre dans cette pièce et apprenne ce qui est arrivé.

— Oui, j'ai déjà prévenu Higgins, répondit le marquis, et je suis certain qu'il sera muet comme une carpe.

— C'est comme si je n'avais rien vu ! acquiesça Higgins avec un large sourire.

— Si vous avez besoin de moi, n'hésitez pas, ma chambre est juste en haut de l'escalier, lui dit-elle en se retirant.

— Merci, mam'selle, je m'débrouillerai.

Debout en haut de l'escalier, le marquis dit à Delia :

— Je ne sais comment vous remercier d'avoir sauvé la vie d'oncle Kenyon ! Sans vous, Dieu seul sait où il serait en ce moment !

— N'y pensons plus ! répliqua Delia ! Tout cela a été terrible ! Nous en reparlerons demain et peut-être pourra-t-il nous en dire un peu plus sur ces hommes.

— Tout ce que je sais, renchérit le marquis, c'est qu'ils méritent la mort, mais cela ferait une telle histoire au pays que nous finirions, sans aucun doute, par avoir des ennuis.

— Il n'en sera rien ! rétorqua aussitôt Delia.

— J'espère, répondit-il. Nous devons dire qu'oncle Kenyon reste ici pour mieux connaître ma future épouse !

Tout en parlant, il regarda Delia droit dans les yeux. Elle comprit qu'il était déterminé à faire ce qu'il avait décidé.

— Mais il y a peut-être autre chose dont nous devrons parler demain, répondit-elle hâtivement.

— Je serai ici à l'aube, promit le marquis. Bonne nuit, mademoiselle Winterton, et merci encore du fond du cœur !

Il lui tendit la main et lorsque Delia posa sa main dans la sienne, il la porta à ses lèvres.

Puis il descendit l'escalier, et Lucille l'accompagna. Delia rentra dans sa chambre et referma la porte. « Comment autant de choses avaient-elles pu se produire en si peu de temps ? » pensa-t-elle.

En se déshabillant, des idées étranges lui traversaient l'esprit : tout d'abord, elle allait peut-être pouvoir reparler à Lord Kenyon, ce qui l'émoustillait ; ensuite, et bien qu'elle ait encore du mal à l'admettre, elle trouvait que Lucille et le marquis formaient un beau couple.

Puis elle se ravisa : « Mais ils ne pourront jamais se marier, c'est pratiquement impossible ! »

Elle savait que pour le marquis, la famille Shaw ne reconnaîtrait jamais en Lucille l'épouse idéale.

6

Lucille était en train de prendre son petit déjeuner lorsque Delia entra dans la salle à manger.

— Comment va notre patient ? demanda-t-elle, avec un léger sourire.

— Higgins dit qu'il a passé une nuit relativement calme, mais depuis deux heures son sommeil est plutôt agité.

— J'espère qu'il va recouvrer rapidement ses esprits, dit Lucille, pour nous raconter ce qui s'est passé.

Delia pensa que c'était peu probable dans l'immédiat. Elle était quelque peu soulagée que Lucille parle avec naturel de Lord Kenyon. Il semblait ne plus y avoir de polémique à son sujet, comme si sa présence au Petit Bunbury avait tout arrangé.

Elle se versa une tasse de thé lorsque, à l'extérieur, un bruit de roues retint son attention. Sa sœur leva la tête. Pendant un moment, elles ne dirent mot, puis Lucille s'exclama :

— Je suis sûre que c'est le marquis.

— Déjà ? répondit Delia.

Lucille avait raison. Une minute plus tard, sans être annoncé, le marquis entrait dans la salle à manger. Lucille se redressa et demanda :

— Que s'est-il passé ? Quelque chose... ne va pas ?

— Bonjour...

Le jeune homme regarda Lucille d'une manière qui traduisait son envie de rajouter quelque chose d'affectueux, mais... il s'était arrêté à temps. Puis il se tourna vers Delia :

— Bonjour, mademoiselle Winterton. J'ai pensé qu'il fallait que je vous parle avant de repartir pour Londres.

— Vous retournez à Londres ? s'écria Lucille. Mais pourquoi ?

Sa voix était empreinte d'angoisse car c'était un peu comme s'il l'abandonnait.

— Je vous expliquerai, dit-il. Puis-je m'asseoir ?

Il s'adressait à Delia qui lui répondit aussitôt :

— Oui, bien sûr ! Je suis navrée d'avoir oublié les bonnes manières, mais je suis encore sous le choc de ce qui s'est passé cette nuit.

— Rien d'étonnant ! répliqua le marquis en s'asseyant près de la table.

— Avez-vous pris votre petit déjeuner ou désirez-vous une tasse de café ? lui demanda Delia.

— Non merci, répondit le marquis, je souhaite seulement discuter avec vous deux.

Lucille se rassit à sa place. Delia écoutait attentivement ce que le marquis disait :

— J'ai réfléchi à ce que j'allais dire à mon personnel. Je lui ai déjà raconté qu'hier soir mon oncle et moi-même revenions d'une longue promenade à cheval, lorsque soudain il avait été frappé par une crise de malaria.

Il sourit car ce mensonge l'amusait, puis il poursuivit son récit :

— Tout le monde sait que la malaria peut attaquer violemment et sans prévenir ceux qui en souffrent.

Delia fit un signe affirmatif de la tête et il continua :

— J'ai donc eu peur d'être trop loin pour le ramener au château, et j'ai décidé, comme nous étions proches du manoir, de l'y conduire. Vous avez eu alors la gentillesse de nous accueillir...

— Je trouve cette explication tout à fait plausible, s'exclama Lucille.

— Puis je suis retourné chercher Higgins, poursuivit le marquis, espérant encore que cela ne soit pas trop grave.

— Il a passé une bonne nuit, ajouta doucement Delia, mais malheureusement il est toujours sans connaissance.

— Ce genre de coma peut durer assez longtemps, fit remarquer le marquis.

— Mais au moins il est en vie, renchérit Lucille.

— C'est ce que j'étais en train de penser, acquiesça le marquis, et ce grâce à votre sœur.

Il regarda Delia et lui dit :

— Je ne sais pas comment vous remercier.

— Par pitié, implora-t-elle, vous me gênez horriblement. J'ai tout de même très peur que ces... mauvaises gens ne... recommencent.

— Je ne crois pas, ajouta le marquis, et je vais prendre des précautions. De plus, j'ai demandé à mon majordome d'envoyer un des valets de pied pour vous aider à monter les plateaux et une fille de cuisine pour vous seconder.

Delia le regarda, ébahie : le marquis prenait la maison en charge et ne lui laissait plus aucune autorité.

Puis il continua avant qu'elle ait eu le temps de protester :

— J'ai également demandé à la femme de mon valet de pied, madame Watkins, que vous connaissez très certainement, de venir dormir ici toutes les nuits. Elle ne vous dérangera pas et je pense que sa présence ici est nécessaire.

Delia se raidit ; elle était sur le point de dire que tout ceci était inutile lorsque le marquis ajouta :

— Bien que mon oncle soit souffrant, je pense qu'il est indispensable que Lucille, et bien entendu vous, mademoiselle Winterton, soyez chaperonnées.

Lucille retint sa respiration ; les paroles qu'elle allait prononcer fondirent dans sa bouche. Le marquis la regarda, un sourire aux lèvres, comme s'il devinait ce qu'elle ressentait.

— Je me dois de préserver la réputation de Lucille, dit-il tout doucement, et bien sûr la vôtre.

— Partez-vous vraiment pour Londres ? demanda Lucille, très préoccupée.

— La nuit dernière, lorsque je suis allé chercher Higgins pour venir au chevet d'oncle Kenyon, expliqua le marquis, celui-ci m'a dit qu'il y avait plusieurs lettres venant de Londres qui l'attendaient.

Lucille écoutait, les yeux grands ouverts.

— Parmi celles-ci, il y en avait une du Premier ministre, dans laquelle j'ai appris que le marquis de Salisbury, informé du retour de Lord Kenyon, souhaitait le voir immédiatement !

— Mais c'est absolument impossible !

— Je le sais, répliqua le marquis, et c'est pourquoi je pense qu'il est très important que j'informe le Premier ministre que Lord Kenyon est incapable d'obéir à cet ordre, et aussi que je lui raconte ce qui s'est passé cette nuit.

Delia laissa échapper un petit cri :

— Croyez-vous que ce soit bien prudent ?

— Étant donné que nous craignons la présence d'autres Russes, je pense que le marquis doit en être informé, et je ne veux en aucun cas mettre vos vies en danger !

— Je suppose que... c'est indispensable, dit Delia résignée.

— Et le plus tôt sera le mieux ! renchérit le marquis en se levant. Prenez soin de vous jusqu'à mon retour, je suis sûr que tout se passera bien.

Il se dirigea vers la porte et Lucille se précipita derrière lui ; Delia ne bougea point : tout ce qu'avait dit le marquis l'avait troublée. La porte s'ouvrit de nouveau et le jeune homme revint sur ses pas :

— J'ai oublié de vous dire quelque chose de très important pour moi, ajouta-t-il.

— De quoi s'agit-il ? demanda-t-elle.

— Comme oncle Kenyon se trouve ici et que tout le village va savoir que nous sommes devenus de bons amis, je pensais qu'il serait de bon ton que vous m'invitiez à ouvrir les Floralies !

Delia le dévisagea, surprise.

— Ouvrir... les Floralies ? répéta-t-elle stupéfaite.

— Et pourquoi pas ? Lucille m'a dit que je me devais de faire la connaissance des gens du comté, continua le marquis en souriant, et cela me faciliterait beaucoup la tâche si je profitais de l'occasion pour les rencontrer !

Lucille, qui ne l'avait pas quitté du regard, insista :

— C'est une excellente idée ! Tout le monde est très curieux de vous voir et très désireux de vous parler, et cela, depuis fort longtemps.

Le marquis ne dit rien. Ses yeux étaient rivés sur Delia qui, après un moment, répondit :

— Nous serions évidemment très honorés de votre présence, j'en ferai part au pasteur dès aujourd'hui.

— Je crois qu'il serait préférable d'en parler à madame Geary ! rétorqua instinctivement Lucille.

Ne sachant plus très bien ce qu'elle devait faire, Delia s'exclama :

— Je vais la prévenir également !

— Merci, répondit le marquis, nous en rediscuterons à mon retour.

Il quitta la pièce, cette fois-ci définitivement.

Delia avait l'impression que tout tournait autour d'elle et elle ne comprenait plus très bien ce qui se passait. Était-il possible que Lord Kenyon dorme à l'étage après avoir été assommé par les Russes, que le marquis ouvre les Floralies malgré sa réputation détestable, et qu'en plus il soit épris de Lucille ? Elle sentait que tout cela poserait un bon nombre de problèmes. Pour le moment, il fallait absolument qu'elle prévienne les Hanson qu'une fille de cuisine et qu'un valet de pied viendraient les seconder ; elle savait qu'ils seraient ravis. Mais par ailleurs, peut-être penseraient-ils que la maison allait être prise en charge par des étrangers.

Elle ne parvint pas à terminer son petit déjeuner et rejoignit sa sœur dans la salle d'armes. Lucille nettoyait les pistolets qu'ils avaient utilisés la nuit passée, ainsi qu'un autre ayant appartenu à leur père.

— Que fais-tu ? lui demanda-t-elle.

— Marc m'a dit d'en donner un à Higgins. Il faut aussi que l'un de nous reste dans la chambre de Lord Kenyon.

Delia la regarda, surprise.

— Naturellement, j'aurais dû y penser plus tôt ! Nous devons nous relayer ; Higgins a veillé toute la nuit et doit maintenant se reposer.

Elle marqua une pause et continua, ironique :

— Je suppose que tu as envie de faire une promenade à cheval !

— J'y ai pensé, reconnut Lucille, mais sans Marc, cela ne serait pas très gai.

Delia ne rajouta rien.

— Je pense qu'il est inutile de te cacher plus longtemps que nous nous rencontrions tous les matins, poursuivit Lucille. Maintenant, tu ne peux plus dire qu'il est méprisable car tu reconnais toi-même qu'il a été extraordinaire la nuit dernière.

Delia ne sut que répondre, et bredouilla :

— Oui... c'est vrai.

Lucille poussa un cri de joie.

— J'étais sûre qu'il te plairait, dès l'instant où tu aurais fait sa connaissance ; pardonne-moi, ma chérie, de t'avoir désobéi mais je ne pouvais le quitter comme tu me l'as demandé.

— J'ai compris, répondit gentiment Delia, mais réalises-tu que tout ne sera pas simple si vous vous mariez ?

— Je sais, dit-elle, avec une famille aussi prétentieuse que la sienne, racontant que je l'ai envoûté...

— Les choses changeront peut-être, ajouta Delia, mais j'insiste. Tu dois y réfléchir très sérieusement.

— Je ne pense qu'à cela, lui dit Lucille ; j'aime Marc et je sais qu'il m'aime, et tout cela est beaucoup plus important que ce que peuvent raconter toutes ces vieilles douairières derrière leur lorgnon.

Delia ne répondit point ; elle ne put s'empêcher de penser que la famille Shaw pouvait rendre Lucille très malheureuse en n'acceptant pas ce mariage, même si le marquis la protégeait. D'autre part, elle était aussi fort contrariée que l'on ne considère pas Lucille digne du marquis de Shawforde. Celui-ci avait tout de même une certaine réputation. Cependant elle estima inutile de faire part de ses pensées à Lucille.

Elle prit alors les pistolets qu'ils avaient utilisés la nuit précédente et dit :

— Je vais en monter un à Higgins, et par la même occasion, je vais lui dire qu'il peut aller se coucher ; je garderai l'autre avec moi.

— C'est comme si tu me laissais sans défense ! gémit Lucille, car tu sais bien que le pistolet de papa est beaucoup trop lourd pour moi.

Elle le prit, le reposa et dit :

— Mais après tout, je ne vois pas bien qui pourrait me kidnapper, et je fais confiance à ma bonne étoile !

— Peut-être l'un des deux hommes, ajouta Delia sans réfléchir.

Lucille sourit.

— Tranquillise-toi, c'était simplement pour te taquiner ! Les deux Russes sont, je l'espère, hors d'état de nuire, et il est peu probable qu'ils rôdent encore dans les parages.

— J'espère que tu as raison ! rétorqua Delia, s'apercevant que Lucille avait déjà quitté la salle d'armes.

Delia l'entendit courir vers les écuries. « Qui croirait que tout cela est arrivé au Petit Bunbury ? » se demanda-t-elle. Elle ramassa les deux revolvers, et grimpa l'escalier pour rejoindre Higgins.

Lord Kenyon reprenait connaissance, il avait l'impression de sortir d'un très long sommeil. Il essaya de bouger mais une douleur aiguë derrière la tête lui arracha un petit cri ; puis il remarqua une présence à ses côtés, et sentit l'odeur des violettes.

— Tout va bien, lui souffla une voix douce, vous êtes sain et sauf.

Le mot « sauf » le surprit ; il se demanda s'il avait été blessé, et s'il se trouvait dans un camp britannique. Puis il se souvint de sa longue et pénible course dans la montagne et du vent glacial qui lui cinglait le corps. Il était très fatigué ; il voulait s'arrêter, se reposer, mais il savait que c'était très dangereux. Ceux qui le poursuivaient n'étaient pas très loin derrière. Le plus important était de rejoindre le camp britannique car il se souvenait que les informations qu'il avait obtenues étaient capitales. S'il se faisait tuer avant de pouvoir communiquer ce qu'il savait, des centaines de soldats, voire des milliers, risquaient de mourir. « Il faut coûte que coûte que je continue », se dit-il. Il avait l'impression que ses jambes ne parviendraient pas à le porter ; il essaya tout de même de bouger mais laissa échapper un long râle.

Une main douce se promena sur son front et une impression de chaleur l'enveloppa.

— Rendormez-vous, tout va bien et personne ne peut vous faire de mal.

C'était encore cette voix mélodieuse qu'il

avait déjà entendue. Alors Lord Kenyon se laissa emporter comme sur un nuage.

Lorsque de nouveau il se réveilla, il eut l'impression d'avoir dormi très longtemps ; il ouvrit les yeux et constata que la pièce dans laquelle il se trouvait lui était étrangère. Il n'était pas sur ce sommet rocailleux dont il se souvenait : il était allongé dans un lit et se demandait, encore vague, ce qu'il faisait et où il était. De plus, il y avait quelqu'un à ses côtés. Une voix jeune et mélodieuse lui demanda :

— Êtes-vous réveillé ? M'entendez-vous ?

Il leva lentement les yeux pour chercher d'où venait cette voix ; se trouvait-il dans un rêve ou était-il mort ? Il n'aurait jamais imaginé que quelqu'un d'aussi angélique puisse exister. De longs cheveux blonds faisaient un nimbe autour du gracieux visage où de grands yeux bleus l'observaient avec curiosité.

— Où suis-je ?

— Tout va bien et restez calme : personne ne vous fera de mal. Désirez-vous quelque chose à boire ?

Sans attendre de réponse, Lucille alla chercher un verre d'orgeat agrémenté d'un jus de citron. Elle le déposa à côté du lit, sur la table de chevet. Higgins lui ayant interdit de soulever la tête de Lord Kenyon, elle passa donc le bras par-dessous ses épaules pour le faire boire.

Malgré toutes les précautions qu'elle déployait, il grimaça de douleur.

— Tout ira mieux d'ici quelques jours, lui dit-elle, mais pour l'instant, vous devez vous reposer.

Lord Kenyon voulut lui dire qu'il n'avait aucune envie de dormir car il voulait savoir où il se trouvait et pourquoi un ange lui donnait à boire. Mais cela représentait beaucoup trop d'efforts pour lui. Sa douleur derrière la tête était trop forte pour qu'il puisse se concentrer sur quelque chose. Alors il referma les yeux...

A son réveil, Lord Kenyon parvint à distinguer la voix d'Higgins.

— Il a passé une bonne nuit, mam'selle Delia, très calme, et si on m'demande mon avis, j'crois qu'il va vite être sur pied.

— Je l'espère car c'est horriblement long.

— Ne vous inquiétez pas, ma petite dame, avec quelque renfort, nous pourrons nous reposer un peu.

— C'est exactement ce que vous devriez faire, Higgins, allez vous coucher.

Lord Kenyon entendit une porte se refermer, puis quelqu'un s'approcha de son lit. De nouveau, ce parfum de violettes emplissait la pièce.

Il sentait une présence à côté de son lit et lorsqu'il ouvrit les yeux, la jeune fille qui se trouvait là laissa échapper un petit cri de joie. Elle se mit à genou et lorsqu'il parvint à la voir, son visage était à la hauteur du sien.

— Est-ce que vous m'entendez ? demanda-t-elle.

Avec difficulté, il laissa échapper un faible « oui » que Delia accueillit avec un immense plaisir.

— Savez-vous qui vous êtes ?

— Oui... je m'appelle... Kenyon... Shaw.

Elle en déduisit qu'il était sauvé et en fut très contente. Après un moment, il demanda :

— Où suis-je ?

— Vous êtes au manoir ; vous vous rappelez peut-être que vous êtes venu ici à votre retour de Londres.

— Le... manoir ! dit-il tout doucement. Mademoiselle Winterton ?

— Elle-même.

Un instant, il parut ne pas réaliser mais il reprit :

— Je... ne comprends pas.

— Je vous expliquerai lorsque vous irez mieux, mais rien ne presse pour le moment.

Lord Kenyon la regarda droit dans les yeux.

— Êtes-vous toujours... en colère après moi ?

— Certainement pas, et je suis si heureuse que vous alliez mieux !

— Mais... que s'est-il passé ? Pourquoi suis-je ici ?

— Je vous raconterai très bientôt... c'est très intéressant, mais pour l'instant, vous devez dormir.

— J'en ai assez de dormir.

Sa voix s'était faite plus grave, presque autoritaire. Delia sourit.

— Vous ne me surprenez pas ! Voilà trois jours que vous dormez et Lucille commence à vous appeler « Monsieur Marmotte » !

Un large sourire se dessina sur les lèvres de Lord Kenyon.

— J'espère que vous allez m'expliquer ce que tout cela signifie ?

— Je vous promets, si vous dormez maintenant, de vous raconter tout ce qui s'est passé, à votre réveil.

— Il est hors de question... que je dorme ! rétorqua Lord Kenyon déterminé.

Il ferma un instant les yeux et sentit une main lui caresser le front : il trouva cela très agréable et fort apaisant. Puis il sombra dans un profond sommeil réparateur.

Le marquis n'était toujours pas revenu de Londres : Lucille et Delia l'attendaient avec impatience.

— Il sera très certainement là avant le dîner, avait répété Lucille une dizaine de fois.

Puis, ne le voyant pas revenir, elles étaient montées se changer. Après un léger repas, elles entendirent le marquis arriver alors qu'elles retournaient dans le salon.

Lucille n'attendit pas que Hanson ou le nouveau valet de pied ouvre la porte : elle se précipita pour le faire.

— Vous voilà ! vous voilà ! s'exclama-t-elle avec enchantement dès que le marquis sortit de son cabriolet.

— Oui, me voilà et je vous prie d'excuser mon retard, répondit-il, mais j'ai eu beaucoup à faire.

Il déposa un baiser sur sa main et ils se regardèrent un long moment, les yeux dans les yeux.

Lucille aurait souhaité qu'il la serrât dans ses bras et l'embrassât. Mais elle remarqua qu'il n'était pas seul : un homme l'accompagnait. Le marquis prit Lucille par la main, la conduisit dans le vestibule et lui dit :

— Puis-je vous présenter le capitaine Ludlow ? Je vous expliquerai différentes choses lorsque nous serons dans le salon.

A sa façon de parler, Lucille comprit que cela devait être strictement confidentiel. Elle ne fit aucun commentaire ; le valet de pied apportait une valise. Le marquis se dirigea vers le salon, tenant Lucille par la main ; le capitaine Ludlow les suivait.

Delia les attendait et le marquis lui dit :

— Bonsoir, mademoiselle Winterton, je suis désolé d'être en retard, mais puis-je me permettre de vous présenter le capitaine Ludlow qui m'accompagne ?

Il se retourna pour vérifier si le valet avait bien refermé la porte, et ajouta :

— Le capitaine Ludlow est ici sur ordre du Premier ministre pour protéger mon oncle. J'espère que nous n'allons pas abuser de votre hospitalité.

Tout ce qui arrivait était tellement surprenant que Delia ne put s'empêcher de sourire.

— Plus rien ne m'étonne maintenant, dit-elle. Avez-vous dîné ?

— Estimant que nous serions en retard, nous nous sommes arrêtés en chemin, répondit le marquis ; de plus, quelqu'un d'autre nous a accompagnés.

— Quelqu'un d'autre ? demanda Delia.

— Oui, rétorqua le marquis. Le Premier ministre, qui prend l'affaire très au sérieux, a insisté pour envoyer deux personnes de confiance : le capitaine Ludlow, ici présent, et le commandant Dawson, qui doit se trouver déjà au château.

— Croyez-vous que quelqu'un essaiera à nouveau d'enlever votre oncle comme l'ont tenté les deux hommes la nuit passée ?

Le marquis opina de la tête.

— Le Premier ministre en est sûr : le vicomte Cross qui, comme vous le savez peut-être, est secrétaire d'État pour l'Inde, est convaincu que les deux hommes que nous avons blessés n'agissaient pas seuls, et que leur chef fera tout pour récupérer mon oncle.

Delia eut un frisson. Le marquis ajouta rapidement :

— N'ayez aucune crainte. Dès que ces hommes seront sous les verrous, toute cette histoire ne sera plus qu'un mauvais souvenir, enfin je l'espère.

— Parfaitement, mademoiselle Winterton, dit le capitaine Ludlow, prenant la parole pour la première fois. Le plus délicat reste à faire : appréhender l'homme qui, sans aucun doute, a donné les ordres.

— Et vous croyez qu'il va venir ici ?

— Non, pas ici, répondit le capitaine Ludlow, mais au château.

— Parce qu'il croit que Lord Kenyon y a été reconduit, dit Delia.

— Exactement ! approuva le capitaine Ludlow. Et nous devons vous protéger, ainsi que Lord Kenyon.

— Comment va-t-il ? demanda le marquis.

— Légèrement mieux je pense, répondit Delia ; si vous et le capitaine désirez le voir, vous le pouvez. En attendant, je vais demander que l'on apporte des rafraîchissements. Êtes-vous sûr de ne rien vouloir manger ?

— Non merci, et je voudrais montrer au capitaine Ludlow où se trouve mon oncle.

— Dois-je vous accompagner ? demanda Lucille.

Pour toute réponse, il glissa sa main dans la sienne.

Lorsqu'ils quittèrent la pièce, Delia avait l'impression que le monde était sens dessus dessous ; elle avait peur de ne pouvoir faire face. Cependant, comme elle sentait qu'il n'y avait pas grand-chose à faire, elle laissait le marquis donner les ordres.

Avant qu'ils ne redescendent, un valet de pied était allé chercher une bouteille de cet excellent bordeaux qui avait appartenu à son père. Delia pensa qu'ils l'apprécieraient après une si longue route. Il y avait également une bouteille de champagne qui refroidissait.

A sa grande surprise, le capitaine Ludlow refusa, et lui dit qu'étant en service il préférerait une boisson non alcoolisée. Le marquis, quant à lui, ne refusa pas un petit verre de bordeaux. Delia pensa qu'il voulait garder tous ses esprits étant donné les circonstances. Elle était convaincue que la vie de débauché qu'il avait menée jusqu'alors appartenait désormais au passé.

Le marquis ne resta pas très longtemps et laissa Delia et Lucille sous la protection du capitaine Ludlow. Il s'en retourna au château où devait l'attendre le commandant Dawson.

Peu de temps après, Lucille et Delia montèrent se coucher, s'assurant au passage que Lord Kenyon dormait toujours.

— Tout cela devient de plus en plus excitant ! s'exclama Lucille.

— Mais aussi de plus en plus inquiétant ! fit remarquer Delia.

— Je suis certaine que ces officiers, naturellement avec l'aide de Marc, réussiront à capturer ce Russe qui a tenté de kidnapper Lord Kenyon, et ainsi tout rentrera dans l'ordre.

— Je l'espère, répondit Delia.

Cependant, elle se rappelait que même si les problèmes de Lord Kenyon allaient se résoudre, il resterait encore ceux de Lucille. Et elle n'avait pas oublié qu'il était venu la première fois au Petit Bunbury pour tenter de dissuader cette « roturière » d'épouser son neveu. Il lui avait même proposé de l'argent pour qu'elle cesse de voir Marc. Elle s'interrogeait sur ce qu'il ferait une fois rétabli. Deux jours s'étaient passés et Delia était assise en face de lui, depuis plusieurs heures : il n'avait toujours pas bougé, ni même ouvert les yeux. Néanmoins, elle ne cherchait pas à le réveiller comme elle l'avait fait auparavant. Elle s'était donc installée avec son nécessaire de couture, et se rendait compte à quel point il était séduisant.

Elle se mit à penser à tous les dangers auxquels il avait échappé : le capitaine Ludlow et plus encore le marquis lui avaient parlé de tous ses exploits en Inde. Le Premier ministre était horrifié que les Russes aient pu suivre Lord Kenyon aussi facilement et aussi rapidement pour lui faire subir un interrogatoire.

— L'auraient-ils torturé ? avait demandé naïvement Delia.

— Bien sûr, ils l'auraient torturé et ensuite tué ! avait répondu le marquis.

Delia était stupéfaite.

— Est-ce que ce genre de choses peut encore se produire en Angleterre ?

— Oui, et cela est arrivé car Lord Kenyon a pris énormément de risques en Inde, avait ajouté le marquis. Le Premier ministre m'a dit que le service qu'il a rendu au gouvernement représente un acte de courage exceptionnel, qui ne pourra être dévoilé que lorsque les personnes concernées seront mortes.

— Cela signifie, je suppose, dit Delia avec mélancolie, que nous ne saurons jamais le fin mot de l'histoire !

— C'est exact, reconnut le marquis, et je suis sûr que si nous essayons de faire parler oncle Kenyon, il sera muet comme une carpe !

— Tous ceux qui le connaissent, et ils sont peu nombreux, faisait remarquer le capitaine Ludlow, sont très étonnés qu'un seul homme ait réussi à en faire autant, si adroitement, et sans se faire tuer au moins une dizaine de fois !

— Êtes-vous... certain qu'il soit... tout à fait en sécurité ici ? demanda Delia terrorisée.

— Le commandant et moi-même ferons de notre mieux pour le protéger, renchérit aussitôt le capitaine Ludlow.

Delia conclut que maintenant, ce serait le capitaine Ludlow qui dormirait dans la chambre de Lord Kenyon. Les deux officiers étaient armés jusqu'aux dents. Delia se demandait si quelqu'un dans le voisinage soupçonnait ce qu'elles étaient en train de vivre. Rien n'était plus pénible que cette attente.

Son tour de garde terminé, Higgins descendit. Delia monta dans la chambre de Lord Kenyon qui dormait toujours profondément. Elle lui massa le front un long moment puis se redressa et le regarda. Il paraissait tellement jeune et vulnérable. Un doute lui traversa soudain l'esprit : son cerveau avait peut-être été touché à la suite du choc qu'il avait reçu.

— Par pitié, mon Dieu, implora-t-elle, faites qu'il se rétablisse rapidement.

Cette prière lui venait du fond du cœur et elle ne fut pas surprise de se sentir autant concernée par son état. Elle alla s'asseoir près de la fenêtre. A l'extérieur, elle apercevait, à travers les carreaux, la grande tente qui avait été dressée dans l'enclos. Elle réalisa d'un seul coup que les Floralies avaient lieu le lendemain. La nouvelle que le marquis allait ouvrir la cérémonie s'était répandue comme une traînée de poudre et tout le village était en effervescence ; madame Geary en avait été d'ailleurs très contrariée.

En attendant, personne ne se préoccupait de ce qui se passait au manoir : tout le monde s'affairait, discutait, curieux de faire enfin la connaissance du marquis qui était devenu l'unique sujet de conversation au comté.

Delia souriait en pensant que toutes les femmes allaient se faire belles pour lui. Même Flo le lui avait dit la veille :

— Je suppose, mam'selle, qu'il ne vous reste plus de fleurs pour décorer mon chapeau que j'veux mettre pour les Floralies ?

— Quelles fleurs ?

— Vous savez, mam'selle, celles en soie que vous utilisez. Je voudrais me faire belle pour le marquis.

— Je suis certaine qu'il appréciera, lui avait répondu Delia en souriant.

Elle trouva des roses et des myosotis qu'elle avait mis de côté puisqu'elle et Lucille devraient encore porter le deuil pendant un mois. Après, Lucille pourrait mettre du bleu qui allait si bien avec ses yeux. Delia ne s'en rendait pas vraiment compte, mais elle avait pris l'habitude de ne porter que des robes demi-deuil de teinte mauve qui s'accordait avec le gris de ses yeux, plutôt que tout autre vêtement d'une couleur différente. Elle ne se doutait pas qu'elle était aussi belle que les fleurs qui éclosent au printemps.

« Le marquis va avoir un immense succès lors des Floralies, pensa-t-elle, et tout le monde oubliera vite toutes les vilaines histoires à son sujet. » Elle avait du mal à croire qu'il s'agissait du même homme. Lorsque la vie de Lord Kenyon s'était trouvée menacée il avait fait preuve de beaucoup de sang-froid. De plus, elle devait reconnaître que peu d'hommes se seraient autant préoccupés des problèmes d'intendance. Il avait fait venir non seulement une aide de cuisine et un valet de pied mais également une femme de ménage et un homme à tout faire, Jacob, qui venait tous les matins les aider à remplir le poêle à charbon de la cuisine, à monter et à descendre l'eau des bains.

« Si seulement le marquis avait été un homme sans titre, je suis certaine que Lucille aurait été heureuse avec lui », pensa-t-elle. Elle savait très bien que certaines personnes pouvaient rendre la vie insupportable aux jeunes femmes qu'elles rejetaient ; sans cesse, elles chercheraient la faute, quitte à la provoquer. « Oh... maman, que... pouvons-nous... faire ? » implora-t-elle en regardant le portrait de sa mère suspendu au-dessus de la cheminée. C'était cette même image que Lord Kenyon allait découvrir à son réveil, plus tard dans la soirée.

Cette fois-ci, et pour la première fois, le soleil baissait lorsque le jeune homme ouvrit les yeux ; il n'avait plus l'impression d'avoir l'esprit embrumé. Maintenant qu'il parvenait à distinguer ce qui l'entourait, il remarqua, au-dessus de la cheminée, ce portrait qu'il connaissait : c'était celui d'une femme extrêmement belle, et l'artiste devait avoir exagéré certains traits de son modèle pour qu'il parût si beau.

Puis il se souvint que ces deux yeux gris l'avaient aussi regardé en colère. Au-dessous du portrait se trouvait un cadre en verre rempli de médailles; il en reconnu certaines. Il se demandait à qui elles pouvaient bien appartenir lorsque quelqu'un entra dans la chambre.

C'était une femme, qui s'adressa à voix basse à un homme qu'il ne connaissait pas.

— Le dîner sera prêt dans vingt minutes, capitaine Ludlow, et comme je suppose que vous désirez vous changer, je vais tenir compagnie à notre patient.

Tout en parlant, Delia traversa la pièce, croisa le capitaine et s'arrêta sous le portrait de sa mère. Lord Kenyon parvint à distinguer que Delia était encore plus jolie que la jeune femme du portrait. Il attendit que le capitaine Ludlow refermât la porte derrière lui et s'exclama:

— Mademoiselle... Winterton!

Elle le regarda fort surprise et s'avança en toute hâte vers lui.

— J'espère que je ne vous ai pas réveillé?

— Je suis... réveillé et je me sens... en parfaite santé, répondit Lord Kenyon.

— Je suis heureuse, très heureuse! dit-elle. Nous nous sommes fait beaucoup de souci pour vous, mais Higgins était persuadé que vous reprendriez connaissance rapidement et que tout irait bien.

— Je me sens tout à fait bien, dit Lord

Kenyon et je veux savoir ce qui s'est passé et où je suis.

— Vous sentez-vous suffisamment fort ?

— Assez pour être désagréable si l'on ne me dit pas la vérité !

Delia se mit à rire.

— Très bien, dit-elle, mais si cela vous semble ennuyeux, vous pouvez vous replonger dans votre sommeil !

Lord Kenyon avança la main et presque involontairement rencontra celle de Delia ; leurs doigts se serrèrent.

— Je vous écoute, dit-il.

Delia s'assit sur le bord du large lit et commença à raconter son histoire. Elle lui décrivit exactement tout ce qui s'était passé. Sa voix était douce et légère. Elle lui raconta comment ils avaient arrêté l'attelage et l'avaient retrouvé ligoté et bâillonné sur le siège arrière et pourquoi ils l'avaient amené ici plutôt qu'au château.

Lord Kenyon buvait chaque parole que prononçait Delia, et ne la quittait pas des yeux. A la fin de son récit il lui dit :

— Je suis vraiment navré de vous avoir impliquée dans toute cette affaire.

— Mais nous sommes tellement heureux d'avoir réussi à éviter le pire !

— Vous et votre sœur avez tué les deux hommes qui m'ont kidnappé ?

— Mon père nous a enseigné à tirer lorsque nous étions plus jeunes et, par conséquent, nous avons pris la précaution de ne pas les tuer, mais peut-être avons-nous fait une erreur.

— Non, non, vous avez eu parfaitement raison, répondit Lord Kenyon, et mon neveu a très bien fait de les laisser sur le bord de la route afin qu'ils puissent expliquer à qui voudra les écouter la raison de leur présence à cet endroit.

— Le Premier ministre vous a fait envoyer deux gardes, ajouta Delia, le capitaine Ludlow qui était là il y a un instant, et le commandant Dawson, qui reste au château.

— Mais... plus rien ne s'est passé depuis ?

— Non, absolument rien ! répondit Delia, et j'ai horreur d'attendre.

Lord Kenyon esquissa un sourire.

— Je reconnais que lorsque l'on se trouve dans ce genre de situation, il est beaucoup plus facile d'agir que de patienter.

— Et c'est ce que nous devons faire ?

— Je crois que oui, malheureusement. Mais en même temps, vous m'en voyez extrêmement reconnaissant.

Delia réalisa soudain qu'il lui tenait toujours la main. Elle se leva.

— Nous en reparlerons lorsque tout cela sera terminé, dit-elle, mais pour le moment, je vais aller chercher votre repas. Vous n'avez rien mangé depuis longtemps et j'espère que vous avez faim.

— Maintenant que vous m'y faites penser, effectivement, j'ai faim ! répondit en souriant Lord Kenyon. Puis-je me permettre de vous dire que j'ai beaucoup de chance d'avoir une hôtesse aussi charmante !

Elle le regarda hâtivement, pensant qu'il se moquait d'elle puis, après avoir sonné, retourna s'asseoir sur le lit. Il lui demanda :

— Est-ce que vous m'avez pardonné ?

Elle n'avait nullement l'intention de feindre de ne pas comprendre sa question et elle savait qu'il attendait une réponse. Après un moment, elle lui dit :

— Ces derniers jours, il a été très difficile de penser à autre chose qu'à votre survie tout en croyant que vos ennemis reviendraient à l'attaque.

— J'ai su, lorsque Marc m'a dit qui vous étiez, renchérit Lord Kenyon, que j'avais commis une grave erreur et maintenant, je ne peux que vous dire que je suis profondément désolé.

— Je crois... que... je comprends, dit Delia d'une voix hésitante, car ce qu'il venait de lui dire la troublait.

Elle ne savait comment lui expliquer qu'elle ne voulait pas simplement qu'il survive mais qu'elle désirait également avoir la possibilité de lui parler. Soudain, la porte s'ouvrit et Lucille apparut.

— Tu es là, Delia, chuchota-t-elle.

Puis elle réalisa que sa sœur était assise sur le lit et que Lord Kenyon avait les yeux grands ouverts.

— Vous êtes réveillé ! s'exclama-t-elle.

Il la regarda et la conversation qu'ils avaient eue ensemble lui revint à l'esprit.

— Je ne suis pas au paradis ! fit-il remarquer avec amusement.

— Donc vous m'avez entendue !

— Oui, je vous ai entendue, et vue également. Je me croyais mort et vous étiez l'un des anges que j'ai toujours rêvé de rencontrer dans une autre vie...

— Est-ce que vous avez réellement pensé que j'étais un ange ? demanda Lucille, car je dois le dire à Marc.

— Racontez-moi ! demanda Marc, sur le seuil de la porte. Je vous ai entendue parler ici, et je n'arrivais pas à croire que c'était avec oncle Kenyon !

— Eh bien, si ! répliqua ce dernier, et mademoiselle Winterton vient de me raconter dans quelle agitation le Petit Bunbury a été plongé ; tout cela est pour le moins inattendu.

— C'est ce que nous avons pensé, fit remarquer Lucille, c'est pourquoi les gens d'ici croient que vous souffrez de malaria, donc vous allez certainement en rencontrer des dizaines qui vous décriront dans le menu détail tous les symptômes de la fièvre qu'ils ont eue !

— Dans ce cas, je vais continuer à rester au lit ! s'exclama Lord Kenyon.

Tous se mirent à rire, puis Delia poursuivit :

— Je suis sûre que nous ne devrions pas tous rester ici à vous parler car vous allez être fatigué ! Higgins serait très en colère après nous s'il le savait !

— Je n'ai pas l'intention d'être chouchouté plus longtemps, rétorqua Lord Kenyon et tenez-vous bien, j'ai l'intention de me lever dès demain !

— Mais c'est beaucoup trop tôt, protesta Delia.

— Oh, laissez-le se lever, dit le marquis.

Ainsi, il pourra venir m'écouter faire mon discours pour l'ouverture des Floralies.

Lord Kenyon le regarda, ébahi, puis ajouta :

— Je vois que tu prends à cœur tous tes devoirs de propriétaire terrien !

— J'espérais obtenir votre approbation, répondit le marquis. C'est une idée de Lucille : tous ceux qui sont si curieux de me voir pourront le faire et je gagnerai du temps en les rencontrant tous ensemble.

Le marquis lança une œillade à Lucille, laissant Delia soupçonner d'autres intentions derrière ce qui, à première vue, était une idée toute simple.

Puis Higgins entra, grommelant qu'il y avait trop de monde dans la chambre de son maître et leur annonça en même temps que le dîner était prêt.

— Monseigneur veut trop en faire en peu de temps, dit-il, et s'il ne m'écoute pas, il va retomber dans le coma, aussi sûr que deux et deux font quatre !

Ils s'apprêtèrent à quitter la pièce lorsque Delia dit en atteignant la porte :

— Je vais faire monter immédiatement le dîner de Monseigneur, et il aura droit à un verre de champagne.

— Deux au moins ! rétorqua fermement Lord Kenyon. Et si quelqu'un tente de s'y opposer, je descendrai moi-même les chercher !

— Vous aurez tout ce que vous voudrez.

Puis, regardant Higgins en coin, Delia suivit les autres qui étaient déjà en bas de l'escalier.

— Vous avez vu, Monseigneur ! dit Higgins,

voilà ce qui s'passe quand les femmes donnent des ordres. Soit elles vous chouchoutent trop, soit elles vous assaillent !

— Mais je n'ai jamais dit que je trouvais cela désagréable, rétorqua Lord Kenyon.

— Je dois reconnaître, Monseigneur, que ce sont des personnes extrêmement charmantes et il n'y a personne au village qui n'ait une parole aimable pour mam'selle Delia.

Il n'en dit pas plus, mais Lord Kenyon avait l'étrange impression, bien que cela paraisse totalement impossible, que Higgins avait deviné qu'il se passait quelque chose entre lui et Delia Winterton.

Il l'avait insultée par mégarde la première fois qu'il l'avait rencontrée ; il semblait donc peu probable que Higgins se doutât de quelque chose. Mais après tout, il ne savait plus, étant donné que les domestiques savent toujours tout, d'une façon ou d'une autre...

7

Delia allait et venait dans le salon. La maison était particulièrement calme ; Lucille n'était pas encore rentrée de sa promenade à cheval et le capitaine Ludlow ne se manifestait point. Elle allait vérifier s'il n'y avait pas de fleurs fanées dans les vases lorsque Lucille entra. Elle n'était pas en tenue d'amazone mais elle portait une de ses plus jolies robes d'été.

— Je suis désolée d'être en retard, ma chérie, dit-elle.

Delia la regarda, surprise.

— Je croyais que tu étais allée faire du cheval !

— Non, j'étais fatiguée ce matin et Marc doit venir me chercher en fin de matinée.

Elle parlait naturellement, sans aucune provocation, puis elle demanda :

— Qu'est-il arrivé au capitaine Ludlow ? Higgins m'a dit qu'il n'était pas descendu prendre son petit déjeuner, et que lorsque Lord Kenyon s'est réveillé, il n'était plus dans sa chambre.

Delia regarda sa sœur fort surprise.

— Il a laissé Lord Kenyon tout seul ? J'ai du mal à y croire !

— Il a dû sortir ou alors il a été kidnappé !

— Je ne trouve pas cela très drôle, rétorqua Delia, et je ne supporterai pas d'autres intrigues !

— J'attends Marc pour lui dire qu'il a été très convaincant hier, dit Lucille. Flo prétend que tout le village chante ses louanges et raconte qu'il ne l'aurait jamais imaginé aussi charmant et aussi séduisant !

Delia sourit.

— Quelle différence avec ce qui a été colporté ces derniers temps !

— Ah, le voilà ! s'exclama Lucille en entendant des pas.

En réalité, ce n'était point le marquis qui entrait dans le salon mais Lord Kenyon. Les deux jeunes filles le regardèrent médusées, et Delia demanda :

— Vous sentez-vous bien ? Cela ne vous a-t-il pas trop fatigué de vous habiller puis de descendre les escaliers ?

— Je vais parfaitement bien ! répondit Lord Kenyon d'un ton railleur. A partir de maintenant, je refuse de répondre à toute question concernant ma santé !

Lucille se mit à rire.

— Vous devriez reconnaître qu'hier encore vous étiez bien faible.

La veille, Lord Kenyon avait essayé de se lever mais un violent mal à la tête l'en avait empêché. Higgins, qui le couvait comme une mère poule selon Delia, l'avait renvoyé se coucher.

— J'lui ai dit c'qui lui arriverait, mais il voulait pas m'écouter, c'est toujours comme ça avec Lord Kenyon. Il m'écoute quand c'est trop tard !

Delia le trouvait très drôle. Mais elle se rendit compte qu'elle s'était fait beaucoup de souci pour Lord Kenyon. Elle pensait qu'ils n'auraient peut-être pas dû lui parler aussi longuement l'autre soir. Cependant elle était enfin soulagée ; les Floralies étaient terminées et le bruit venant du jardin ne l'avait pas dérangé. Il avait effectivement dormi d'un profond sommeil toute la journée et elle n'était venue que pour lui souhaiter une bonne nuit au moment où le capitaine Ludlow prenait son tour de garde. Par conséquent, elle n'avait pu dire que quelques mots à Lord Kenyon avant d'aller se coucher.

En réalité, elle était extrêmement fatiguée par l'agitation et l'excitation occasionnées par les Floralies ; elle avait eu énormément de travail mais leurs succès la réjouissaient. Elle allait dire au marquis qu'il avait prononcé un discours remarquable lorsqu'elle aperçut les valets de pied dans le jardin. La porte du salon était grande ouverte lorsque le marquis entra.

— Nous avons réussi ! Nous avons réussi ! annonça-t-il triomphalement. Nous avons capturé le chef et le voilà maintenant derrière les barreaux.

— Que dites-vous ? Que s'est-il passé ? demanda Lucille en venant vers lui.

Il la serra dans ses bras, et s'adressant à Lord Kenyon, lui dit :

— J'ai du mal à croire que tout s'est déroulé exactement comme l'avait prévu le commandant Dawson.

— Raconte-nous vite ce qui s'est passé, renchérit Lord Kenyon.

— Vous savez que nous sommes tous plus curieux les uns que les autres ! ajouta Lucille.

Lord Kenyon s'installa dans un fauteuil, Delia dans un autre et le marquis, enlaçant toujours Lucille, continua :

— Depuis mon retour de Londres, accompagné du commandant Dawson, nous dormons dans votre chambre au château.

— Mais c'est extrêmement dangereux ! s'exclama Lucille terrifiée.

— Vous comprendrez que non lorsque je vous aurai expliqué ce que nous avons fait, répliqua le marquis. Nous avons fabriqué un pantin que nous avons couché dans le lit de l'oncle Kenyon, faisant ainsi croire qu'il dormait. J'étais allongé derrière un écran et le commandant dormait à même le sol, derrière les tentures.

Delia écoutait, prostrée. Elle avait du mal à croire que la tension accumulée les jours précédents allait enfin s'estomper.

— Nous n'en avions jamais parlé, continua le marquis, puisqu'il ne s'était rien passé. Or, la nuit dernière, pendant que le commandant Dawson veillait, un homme s'est faufilé...

— Et vous l'attendiez ? interrompit immanquablement Lucille.

— Je venais juste de m'installer, pensant qu'une fois de plus la nuit se passerait sans que rien ne se produise. Soudain, j'ai entendu la porte craquer : quelqu'un entrait dans la pièce.

— J'aurais été... morte de peur ! murmura Lucille.

— Il avait une petite lanterne à la main, poursuivit le marquis, ce qui lui laissait croire que Lord Kenyon dormait au creux de son lit.

— Et ensuite, qu'a-t-il fait ?

— Il lui a porté trois coups à l'aide d'un large poignard, puis est revenu sur ses pas.

— Il... voulait le poignarder ? s'exclama Lucille horrifiée.

— Aucun doute, déclara le marquis en regardant son oncle, il voulait réellement vous tuer !

— Les Russes n'aiment pas la défaite, répliqua Lord Kenyon, mais que s'est-il passé ensuite ?

— Nous l'avons attrapé et ligoté, répondit le marquis, puis jeté dans une voiture et nous venons maintenant chercher le capitaine Ludlow.

— Personne ne sait où il se trouve, renchérit Delia.

— Moi non plus, reconnut Lord Kenyon, et je sais que, dans sa situation, il se doit d'être extrêmement discret, à la limite « invisible ». Que s'est-il passé ensuite ?

— Le commandant Dawson et moi-même l'avons interrogé.

— A-t-il parlé ? demanda Lord Kenyon, impatient.

— Il a parlé parce qu'il savait qu'il allait être

accusé de meurtre et n'avait aucune chance de s'en sortir.

— Qu'a-t-il dit ?

— Il a déclaré vous avoir vu lors d'un incident qui a eu lieu à la frontière nord-ouest et vous a reconnu lorsque vous montiez à bord d'un bateau à Bombay.

Lord Kenyon hocha la tête, signifiant qu'il se souvenait de l'incident en question et le marquis continua :

— Lui et les deux autres hommes que Delia et Lucille ont blessés ont également embarqué, je suis sûr que c'est très important, sans dire à quiconque où ils allaient et ce qu'ils faisaient.

Delia savait en regardant le visage de Lord Kenyon que tout cela était extrêmement important.

— Ils ont voyagé dans l'entrepont, poursuivit le marquis, et vous ont suivi d'abord à Londres, et ensuite jusqu'au château. L'homme que nous avons capturé la nuit dernière, et qui était le cerveau de toute l'affaire, savait que c'était leur seule chance.

— Et donc ils vous ont kidnappé ? s'exclama Lucille.

— Ce que nous pensions était tout à fait exact, acquiesça le marquis. Ils avaient l'intention d'interroger oncle Kenyon pour obtenir ainsi un maximum de renseignements sur l'organisation de nos régiments et ensuite de le tuer !

Delia poussa un cri d'horreur. Lord Kenyon la regarda sans dire mot et le marquis ajouta :

— Au lieu de cela, ils vont très probablement

y laisser leur vie et comme c'est une affaire de sûreté nationale, le jugement aura lieu à huis clos.

Un sourire se dessina sur ses lèvres.

— Personne ne saura jamais ni ce qui leur est arrivé ni à quel point Lord Kenyon est heureux d'avoir échappé à la mort !

— Je te suis extrêmement reconnaissant. Marc, déclara Lord Kenyon, et je suis sûr que le Premier ministre et le secrétaire d'État aux Affaires indiennes, qui sera informé de ce qui s'est passé, souhaiteront te remercier.

Il regarda Delia et dit :

— Et naturellement, je dois exprimer ma reconnaissance et remercier mes deux hôtesses, auxquelles j'ai occasionné bien des désagréments.

Delia laissa échapper un murmure de désapprobation.

— Tout le monde a été formidable ! déclara le marquis.

— Même toi, ajouta Lord Kenyon. De plus, j'ai entendu dire que ton discours avait eu un tel succès que tout le village en avait été séduit.

— J'ai bien apprécié le son de ma propre voix ! reconnut le marquis avec ironie. En fait, je vais suivre les conseils de Lucille et prendre un siège à la Chambre des lords !

Il regardait Lucille et parut tellement amoureux que Delia en fut presque gênée. Puis il reprit :

— Lucille et moi avons maintenant un rendez-vous et nous vous en dirons plus une fois de retour. D'ores et déjà, je suis certain que

Delia sera heureuse que vous puissiez retourner au château sans aucune crainte.

Tout en parlant, il se dirigeait vers la porte avec Lucille et avant que Delia n'ait eu le temps de leur demander où ils allaient, ils avaient disparu. Elle se retrouva seule avec Lord Kenyon et se sentit intimidée. Comme s'il avait deviné ce qu'elle ressentait il lui dit :

— C'est dommage qu'ils ne se soient pas rencontrés plus tôt car j'ai l'impression que votre sœur est d'un excellent conseil pour mon neveu !

Delia ne répondit point car elle estima que ce n'était pas le moment opportun pour parler de Lucille et de son avenir. Après quelques secondes, elle ajouta :

— Je suis très... heureuse... que vous n'ayez plus rien à craindre... de ces Russes.

Lord Kenyon la laissa poursuivre :

— Mais croyez-vous réellement que votre neveu ne se trompe pas en disant que le cerveau de toute cette affaire n'ait rien dit à quiconque de ses intentions avant de quitter l'Inde ?

— J'en suis sûr, répondit Lord Kenyon. Tout espion russe engagé dans ce genre de travail est extrêmement fier de réussir un coup pour affirmer sa propre importance.

Il s'aperçut que Delia l'écoutait avec intérêt et continua :

— Je suis parfaitement convaincu que ce que Marc a dit est vrai et qu'ils sont montés à bord sans dire à quiconque où ils allaient ni quelles étaient leurs intentions. Si ces trois hommes disparaissent, aucune recherche ne sera jamais faite et ils seront rapidement oubliés des leurs.

— Mais c'est... cruel ! s'exclama Delia.

— Les règles du jeu sont si secrètes que chaque homme doit œuvrer selon sa propre initiative ; chacun est, à tous égards, responsable de ses propres faits et gestes.

— C'est ce que papa a toujours dit, ajouta Delia.

Elle se rendit compte que Lord Kenyon était surpris et elle poursuivit :

— Mon père a fait partie des lanciers du Bengale et m'a souvent raconté, en confidence, mais je crois que je peux vous faire confiance, qu'une fois dans sa vie il avait appartenu au « Grand jeu ».

— J'ai été fort impressionné par toutes les médailles de votre père que j'ai vues dans la chambre, fit remarquer Lord Kenyon.

— Papa en était très fier, ajouta Delia, et c'est parce qu'il m'avait souvent parlé de l'Inde, qu'il aimait beaucoup, que j'avais depuis longtemps envie d'en parler avec vous.

Lord Kenyon sourit :

— Je suis prêt à répondre à toutes vos questions, mais pourquoi cela vous intéresse-t-il, à part le fait que votre père ait servi le plus important régiment en Inde ?

— Papa et moi avions coutume de parler de ce pays, de ses habitudes et de ses religions, répondit Delia, et je trouvais tout cela fascinant. J'ai lu énormément de livres sur le bouddhisme, ainsi que tout ce que je pouvais trouver à la bibliothèque sur les palais et les temples de cette religion.

Lord Kenyon remarqua que sa voix était pleine d'émotion. Elle poursuivit :

— Mais ce n'est sûrement pas aussi intéressant que de les découvrir de ses propres yeux.

Lord Kenyon lui demanda une seconde fois :

— Pourquoi êtes-vous si intéressée ?

Delia réfléchit un instant et lui dit :

— Peut-être parce qu'il existe en Inde une qualité spirituelle que l'on ne rencontre nulle part ailleurs. Je sais également que les écrits sanskrits dévoilent un passé trouble et que le mot « civilisation » nous vient de l'Inde.

Le ton de sa voix s'affaiblissait, et après un court instant, Lord Kenyon dit :

— Vous me surprenez ! Mais en même temps, je n'en attendais pas moins de vous.

Elle le fixa, un peu étonnée, et il lui dit :

— Je savais, en vous regardant dans les yeux, que vous étiez non seulement une très jolie jeune femme mais qu'il émanait de vous une beauté intérieure et une richesse du cœur qui sont remarquables.

Delia sourit et ajouta :

— Ce que vous me dites est le plus beau compliment que l'on m'ait jamais fait ! Et j'aimerais tellement que ce soit sincère !

— Ça l'est, dit Lord Kenyon, et c'est la raison pour laquelle j'insiste : vous pouvez me poser toutes les questions que vous désirez, j'y répondrai avec grand plaisir.

Delia allait rajouter quelque chose lorsque la porte s'ouvrit. L'un des valets de pied venant du château dit alors :

— Le vicomte Cross souhaite voir Monseigneur !

Lord Kenyon et Delia se regardèrent, surpris. Un homme très distingué s'avança dans la pièce. Delia se redressa et tendit la main.

— Pardonnez-moi, mademoiselle Winterton, dit-il, de vous importuner à cette heure, mais j'ai un message pour Lord Kenyon émanant du Premier ministre et je suis extrêmement heureux de le voir rétabli.

— Ravi également de vous revoir, répliqua Lord Kenyon en lui serrant la main.

Discrètement, Delia qui se retirait vers la porte demanda :

— Désirez-vous un verre de vin, ou préférez-vous une tasse de café ?

— Je prendrais volontiers du café, si cela ne vous dérange pas, répondit le vicomte.

Delia sourit, disparut derrière la porte et pria le valet d'apporter du café à ces messieurs. Puis elle alla se réfugier dans le salon de sa mère. Elle réalisa que la maison avait bien changé avec toutes ces allées et venues.

Elle pensa aussitôt à la tranquillité qu'elle retrouverait lorsque Lord Kenyon partirait. Avec lui s'en iraient également les domestiques qui étaient venus du château pour donner un coup de main. Lucille passerait la plupart de son temps en compagnie du marquis, avec ou sans sa permission. Et par conséquent, elle allait se retrouver bien seule. Elle essaya de se persuader qu'elle aurait mille choses à faire comme auparavant. Mais si elle voulait vraiment être honnête avec elle-même, elle devait admettre que tout ne se passerait peut-être pas ainsi. De plus, elle ne reverrait probablement plus jamais Lord Kenyon une fois qu'il serait reparti pour Londres.

C'est à ce moment-là qu'elle se rendit compte qu'elle souhaitait rester avec lui ; elle n'avait jamais rien désiré aussi intensément de toute sa vie. Elle voulait lui parler, le regarder dormir et l'admirer, tellement elle le trouvait beau et séduisant. Il était si différent des autres hommes qu'elle connaissait ou qu'elle avait imaginés ! Soudain, elle sentit ses yeux se remplir de larmes. « Je l'aime ! reconnut-elle, et je ne peux... rien faire contre cela ! »

Néanmoins, elle pensa avec désespoir que son amour était vain comme l'était son aspiration pour l'Inde. Lord Kenyon était déjà venu faire part de sa désapprobation lorsqu'il avait appris que le marquis s'était entiché de Lucille. Jamais il ne la considérerait comme quelqu'un de son rang. Il resterait toujours poli et reconnaissant, une fois qu'il aurait quitté le manoir, et elle était certaine qu'il ne penserait plus jamais à elle. Elle sentit alors de grosses larmes couler sur ses joues : son avenir lui apparaissait comme un immense tunnel, sans la moindre lueur d'espoir.

Après un long moment elle alla à la fenêtre; ses yeux parcoururent le jardin, mais elle ne vit rien. Elle entendit alors du bruit dans le couloir: cela signifiait que le vicomte s'en allait. Peut-être devrait-elle sortir pour lui dire au revoir; elle s'assura que ses yeux étaient secs, mais il restait des traces de larmes sur ses joues.

Quelques minutes plus tard, elle entendit le bruit des roues de l'attelage du vicomte s'éloigner. C'était l'occasion de revoir Lord Kenyon et de se retrouver à nouveau seule avec lui. C'était sa dernière chance et elle devait la tenter.

Elle s'essuya les yeux, puis se regarda dans un tout petit miroir suspendu au mur. Elle se trouvait pâle, mais il n'y avait aucune raison pour qu'il remarquât qu'elle avait pleuré.

Elle ouvrit la porte, traversa le vestibule et entra dans le salon. Lord Kenyon était debout à côté de la fenêtre; il regardait le jardin, exactement comme elle venait de le faire: elle avait l'impression que lui non plus ne voyait ni les rayons du soleil ni les papillons qui voletaient de fleur en fleur. Ses pensées étaient sûrement en Inde, dans ces montagnes arides et austères de la frontière nord-ouest. Les dangers auxquels il avait dû faire face l'inquiétaient peut-être encore. Elle arriva à ses côtés avant qu'il ne s'en rendît compte.

— Votre visiteur est-il parti? demanda-t-elle. J'espère qu'il ne vous a pas apporté de trop mauvaises nouvelles.

— Non, aucune, répliqua Lord Kenyon et il

est pleinement conscient que Marc et le commandant Dawson se sont montrés très habiles pour capturer un homme qui représentait une menace considérable pour la sûreté de l'Inde, suite à ce qui lui a été dit ce matin.

— Il était si important que cela ?

— Des recherches supplémentaires vont être faites à son sujet, répondit Lord Kenyon, car il est soupçonné d'être l'instigateur de complots qui ont coûté la vie à plusieurs hommes de nos troupes.

— Et... vous voulez éviter qu'il puisse recommencer, conclut Delia.

Ce faisant, elle pensa que Lord Kenyon avait vraiment été très proche de la mort. Elle leva la tête et son regard rencontra le sien ; elle y découvrit une expression qu'elle ne lui connaissait pas. Ils se regardèrent mais soudain la porte s'ouvrit, laissant entrer Lucille et le marquis.

Delia se retourna et remarqua que sa sœur portait un de ses plus beaux chapeaux : elle l'avait acheté pour la réception donnée par le lord lieutenant. Elle trouvait étrange qu'elle le portât simplement pour se promener avec le marquis.

Tous deux traversèrent la pièce, main dans la main. Delia sentait qu'ils avaient quelque chose d'important à révéler ; il y eut un lourd silence, avant que le marquis déclare :

— Je pense que vous, Delia et oncle Kenyon devez être les premiers à apprendre que Lucille et moi sommes désormais mariés.

Delia en eut le souffle coupé; le marquis poursuivit :

— Nous ne pouvions plus continuer à discourir sur notre mariage et, de plus, j'étais fermement décidé à ce que Lucille devienne ma femme.

Puis le ton de sa voix devint arrogant :

— Je n'avais nullement l'intention d'attendre que Lucille ne soit plus en deuil et que ma famille me donne son accord sur cette alliance; tout cela m'importait peu, dit-il.

— Vous vous êtes réellement... mariés ? haleta Delia.

— C'est le vieux pasteur qui vient de bénir notre union dans la chapelle du château. Celui qui m'a baptisée. Ce fut une messe magnifique mais je regrette que tu n'y aies pas assisté, Delia.

— Je pense que vous commettriez une erreur en nous désapprouvant, souligna simplement le marquis.

Il marqua une pause, espérant une réaction de Delia qui ne vint point, puis il poursuivit :

— Et maintenant, nous allons partir en voyage de noces, avant que l'on nous dise que nous avons mal agi !

— Je constate que vous avez tout prévu ! ajouta Lord Kenyon

Le marquis sourit.

— Nous passerons par Paris pour acheter le trousseau de Lucille, puis nous partirons pour Venise. Ensuite, j'ai l'intention de louer un voilier afin d'explorer la Méditerranée, et si possible, la mer Rouge.

Il regarda son oncle avec un air de défi. Lord Kenyon répliqua calmement :

— Si vous allez jusqu'en Inde, j'espère que nous nous y verrons.

— Vous allez retourner en Inde ? demanda le marquis.

— Oui, dans quelques semaines.

— Et comment nous retrouverons-nous ?

— Je serai à Calcutta presque tout le temps.

Lucille posa la main sur le bras de Lord Kenyon.

— Vous n'êtes pas fâché ? lui demanda-t-elle. En fait, j'ai même l'impression que vous pensez que nous avons eu raison !

— Je pense que Marc est un jeune homme qui a beaucoup de chance, répliqua Lord Kenyon. Non seulement il a rencontré une très jolie jeune femme, mais en plus, elle est pleine de bon sens !

Lucille poussa un cri de joie. Puis, se haussant sur la pointe des pieds, elle embrassa Lord Kenyon sur la joue.

— Je savais que vous comprendriez, lui dit-elle, mais Marc avait peur de votre réaction. Je vous promets d'être une parfaite épouse, et je m'efforcerai de faire de lui le meilleur marquis de Shawforde !

— Je suis disposé à le croire, acquiesça Lord Kenyon, et outre le fait qu'il soit un homme d'action, j'ai même entendu dire qu'il avait réalisé des performances vocales exceptionnelles !

Lucille se mit à rire et le marquis déclara :

— Si vous faites encore allusion à mon passé

et si en plus Lucille me nargue, je n'ai plus aucune chance d'être celui qu'elle voudrait que je sois.

Le marquis regardait son oncle et Lucille fixait Delia. Puis, se rapprochant d'elle, elle lui glissa au creux de l'oreille :

— Je sais que tu me comprends, ma chérie, quand je te dis que je ne veux pas le perdre.

— Bien sûr, répliqua Delia, étreignant sa sœur dans ses bras comme elle ne l'avait plus fait depuis leur enfance.

Puis Delia demanda :

— Allez-vous réellement partir tout de suite ?

— Nous partons bientôt ! répondit le marquis d'un ton ferme. Nous avons beaucoup de chemin à faire et je voudrais traverser la Manche demain après-midi.

Lucille sourit.

— Tout est déjà organisé. Lorsque nous reviendrons de notre voyage de noces, je suis sûre que je ressemblerai à une véritable femme indienne, marchant trois pas derrière lui et approuvant tout ce qu'il aura décidé !

— J'en doute ! fit remarquer Lord Kenyon. Si vous allez un jour en Inde, vous verrez que là-bas les femmes sont très autoritaires et en fait, vous vous apitoierez plus sur le sort de leurs pauvres époux opprimés que sur le leur !

— Ne lui mettez pas ce genre d'idée en tête dès maintenant ! gronda le marquis. Je l'aime telle qu'elle est, mais j'ai cependant l'intention de rester le maître en ma propre demeure !

— Je ne m'y opposerai pas, à partir du moment où j'aurai la certitude que vous n'aimez que moi.

— Je crois qu'il me sera difficile de trouver quelqu'un de plus charmant, mais... sait-on jamais !

Il la taquinait et elle fit la moue. Puis il ajouta :

— Allons, nous devons y aller, les chevaux s'impatientent.

Lucille serra Delia dans ses bras et lui dit :

— Au revoir, ma chérie, mes valises sont presque prêtes. Mais, Marc va m'acheter de très jolies robes à Paris.

— Prends bien soin de toi, ma chérie, lança Delia.

— J'aurai trop à faire à m'occuper de Marc et à l'empêcher de séduire les jeunes Françaises pour penser à moi ! rétorqua Lucille d'un air moqueur.

Puis, s'adressant à Lord Kenyon, elle lui dit :

— Dites à ceux de votre famille que je ne suis pas la mauvaise créature qu'ils croient. De plus, sachez que je suis très heureuse que vous soyez en vie !

— Merci, répondit Lord Kenyon en l'embrassant.

Puis tous se dirigèrent vers la porte d'entrée. L'attelage composé de quatre chevaux les attendait ; Lord Kenyon serra la main du marquis :

— Au revoir, Marc, lui dit-il, je te soutiendrai chaque fois que je le pourrai, et j'espère que vous viendrez me voir en Inde.

— J'en ai la ferme intention, répliqua le marquis en aidant Lucille à monter dans la voiture.

S'emparant des rênes, il laissa juste le temps au palefrenier de sauter sur le siège arrière avant de démarrer.

Delia les regarda jusqu'à ce qu'ils eussent quitté l'allée pour rejoindre la route ; puis, les yeux remplis de larmes, elle s'en retourna vers le salon.

Elle avait de plus en plus de mal à croire ce qui se passait. Maintenant Lucille était mariée, et elle était devenue la marquise de Shawforde.

Soudain, elle entendit Lord Kenyon entrer dans le salon et refermer la porte. Comme elle ne voulait pas qu'il la vît avec des larmes aux yeux, elle alla vers la fenêtre. Ensuite, elle le sentit s'approcher d'elle, et lorsqu'il fut tout près, elle lui dit :

— Par pitié, promettez-moi de les aider ! Je sais que... ce ne sera pas... facile pour Lucille... vis-à-vis de votre famille.

— Je vous promets que je ferai mon possible, répondit Lord Kenyon et j'ai même pensé à quelque chose qui persuadera ma famille que Lucille est effectivement la femme idéale pour Marc.

— Que... voulez-vous dire ? demanda Delia, la gorge serrée.

Lucille lui était apparue si radieuse et tous deux avaient l'air si confiants en leur avenir qu'elle pensait ne pouvoir supporter que cette image soit ternie par les attaques des sœurs de Lord Kenyon ou par n'importe quel autre membre de la famille Shaw.

Voyant qu'il ne répondait pas, elle dit :

— Vous venez de dire que... quelque chose pourrait... sûrement les convaincre : de quoi s'agit-il ?

— Simplement que la sœur de Lucille devienne la vice-reine de l'Inde !

Elle ne comprit pas ce qu'il sous-entendait et, se retournant vers lui, ajouta :

— Je... je ne comprends toujours pas.

— C'est pourtant simple, dit-il, je vous demande, ma chérie, de devenir ma femme !

Delia croyait rêver. Leurs regards se croisèrent et elle sentit des bras la prendre par la taille ; son cœur se mit à battre violemment et elle eut l'impression de ne plus pouvoir respirer. Comme s'il savourait cet instant, Lord Kenyon l'attira tout doucement, puis ses lèvres rencontrèrent les siennes.

L'éclat du soleil l'éblouissait, et elle sentit une chaleur intense lui envahir tout le corps ; elle était soudainement transportée vers un paradis magique et merveilleux qu'elle n'avait jamais imaginé. Ses craintes d'un amour non partagé se dissipaient.

Une sorte d'aura brillait autour d'eux. Les bras de Lord Kenyon l'étreignirent avec force ; ils s'embrassèrent à en perdre haleine, elle sentait son cœur battre de plus en plus fort et leurs deux corps ne faisaient plus qu'un. Elle n'était plus tout à fait elle-même, elle lui appartenait. Il représentait l'amour qu'elle avait toujours souhaité connaître et auquel elle ne croyait pas.

« Je vous... aime ! Je vous aime ! » voulait-elle crier. Mais les mots étaient inutiles. Elle savait que ce sentiment merveilleux et magique qui l'envahissait était partagé par Lord Kenyon.

Il l'embrassa jusqu'à l'étourdissement. Tous deux flottaient comme sur des nuages.

— Mon amour, ma chérie ! Comment cela est-il possible ?

Elle redressa la tête et le regarda puis il lui dit :

— Je vous aime, je n'aurais jamais pensé que l'amour puisse être aussi absolu et aussi invincible pour nous désarmer aussi facilement ! Je le savais déjà lorsque j'étais inconscient et que vous étiez près de moi. Je sentais ce parfum de violettes, et j'ai compris que je ne pourrais plus vivre sans vous, au moment où j'ai vu vos yeux gris me regarder.

Delia laissa échapper un murmure.

— Vous... vous avez failli... mourir !

— Grâce à vous, et vous seule, je suis vivant. A partir de maintenant et jusqu'à la fin de nos jours, vous devrez continuer à vous occuper de moi et à veiller sur moi !

— C'est... ce que je souhaitais faire, mais... je pensais que c'était... impossible.

— Vous m'aimez, n'est-ce pas ? Dites-moi que vous m'aimez !

— Je... vous aime, je vous aime... tellement... que... j'ai peur...

— De moi ?

— Non, j'ai peur de... me réveiller et de découvrir que tout cela n'était qu'un merveilleux rêve, et que finalement vous... me méprisez.

— C'est faux, je ne vous ai jamais méprisée, au contraire. Lorsque je vous ai vue pour la première fois, vous étiez absolument ravissante et j'aurais dû comprendre ce jour-là que vous étiez celle que j'ai toujours cherchée et que je n'avais jamais trouvée.

— Oh, mon chéri... le pensez-vous réellement ?

— Parfaitement, et je vais vous le prouver : nous allons commencer par nous marier.

— Comme Lucille et... Marc ?

— Exactement ! répondit Lord Kenyon. Ils nous ont donné l'exemple et nous allons le suivre.

— Mais... les membres de votre famille ne risquent-ils pas d'être choqués ?

— Même s'ils l'étaient, nous ne serions plus ici pour les entendre !

Delia le regarda puis, comme si elle lisait dans ses pensées, elle lui demanda :

— Vous allez... m'emmener... en Inde ?

— Croyez-vous que je vais vous abandonner maintenant ? Nous devrons partir dans trois semaines, juste après notre lune de miel.

— Cela sera... palpitant d'être... en Inde avec vous, chuchota Delia. Mais par ailleurs, j'aurai sûrement peur... qu'il vous arrive quelque chose.

Elle prononça ces dernières paroles avec une

certaine angoisse : il était évidemment inutile de lui expliquer ce qu'elle ressentait.

— Tout cela est du passé, ajouta calmement Lord Kenyon et je n'ai plus rien à faire à la frontière nord-ouest. Comme je vous l'ai laissé entendre, ma chérie, je vais bientôt être le prochain vice-roi, et donc je compte sur vous pour m'aider dans cette fonction difficile mais très intéressante.

Delia comprit alors ce que cela signifiait. Elle reprit alors son souffle et dit :

— Mais je ne serai jamais à la hauteur.

— Si, dès l'instant où vous deviendrez mon épouse, ajouta Lord Kenyon pour la réconforter. Ainsi ma famille vous respectera et je pense aussi que les craintes que vous avez à propos de Lucille ne seront plus fondées.

Ses yeux brillaient et il ajouta :

— Ce matin, j'ai remarqué dans la chambre de votre père un livre sur l'histoire de la famille Winterton. C'était un assez gros volume, avec, à la fin, un arbre généalogique très important, et j'en suis sûr, nous y trouverons des liens entre votre famille et la nôtre.

Delia l'écoutait, surprise.

— De toute façon, même s'il n'existe aucun lien entre nous je ferai une copie de votre arbre généalogique et la leur enverrai pour qu'ils l'étudient à loisir !

Delia éclata de rire.

— Tout cela a l'air si drôle venant de vous ! Mais j'ai cependant très peur qu'ils n'acceptent pas Lucille.

— Dans ce cas, son mari sera là pour la

défendre. De plus, la famille souhaite rester en bons termes avec Marc, qui est non seulement le chef de famille, mais aussi un homme extrêmement riche. Donc, je pense que vous vous rendrez compte que vos larmes étaient inutiles.

Delia sourit et ajouta :

— Et naturellement... votre position va les impressionner !

— Pour tout vous dire, ma chérie, je le suis tout autant !

— Je suppose que ce grade vous a été octroyé, d'une part parce que vous êtes une personne très respectable, d'autre part parce qu'il est... très difficile de vous gratifier pour... tout ce que vous avez fait.

— Vous êtes très astucieuse, et plutôt perspicace !

Il la serra sur sa poitrine et ajouta :

— N'ayez aucun souci à vous faire pour toutes ces histoires. Tout ce qui compte désormais c'est nous et notre amour, qu'il soit parfait et absolu !

Il l'embrassa tendrement sur les lèvres avant de continuer :

— J'aime tout ce qui émane de vous ! Et j'espère que chaque battement de votre cœur, chacun de vos soupirs et chacune de vos pensées me seront offerts !

Ses lèvres effleurèrent les siennes mais toutefois il ne l'embrassa pas car il attendait une réponse.

— Cela correspond... exactement à ce que je ressens... balbutia Delia, et je ne me doutais pas à quel point l'amour pouvait être... si excitant, si saisissant... et en même temps, si puissant !

Lord Kenyon savait pourquoi elle avait prononcé ces dernières paroles.

— C'est aussi ce que Marc a ressenti : l'amour est invincible. Je comprends maintenant pourquoi il a épousé Lucille, quelles que fussent ses origines.

Il marqua une pause avant d'ajouter :

— Marc et moi avons l'incroyable chance d'avoir rencontré les deux plus belles femmes du monde ! De plus, leur père commandait le régiment que j'admire le plus ! Et elles sont tout aussi jolies que leur mère !

— Je suis très profondément touchée par ce que vous venez de dire, renchérit Delia, les larmes aux yeux. Je n'aurais pas supporté que Lucille et moi... dussions toujours rester humbles et reconnaissantes, tout simplement parce que vous nous auriez élevées de nos modestes origines.

— Au contraire, mon amour, répondit Lord Kenyon, et je suis votre humble adorateur !

Il déposa dans son cou un tendre baiser avant de reprendre :

— Je vous aime, ma chérie, je vous adore. J'aime tout ce que vous représentez, et sans vous, ma vie serait dénuée de sens.

Delia murmura quelques mots, puis, comme elle posait la tête sur son épaule, il lui embrassa les cheveux et dit :

— Nous disposons de très peu de temps seuls pour notre lune de miel. Et je souhaiterais, ma chérie, que nous demandions au pasteur de venir le plus rapidement possible bénir notre union afin d'assouvir ensuite notre désir.

A ces mots, sa voix devint grave et plus passionnée :

— Nous serons mariés demain matin à la première heure.

— Êtes-vous... sûr que votre état... vous le permet ? demanda Delia inquiète.

— Je vais devoir me ménager afin de vous faire comprendre à quel point je vous aime.

Il y avait une expression pétillante dans ses yeux.

— Nous passerons la nuit de demain soir dans la suite nuptiale du château, et peut-être les deux ou trois suivantes.

Il marqua une pause avant de continuer :

— Étant donné que votre père et mon frère se sont jadis querellés, je pense que vous n'avez jamais dû visiter ce château ou alors vous étiez bien jeune.

— Tout cela... m'a l'air très... alléchant !

— Absolument, mon amour, murmura Lord Kenyon en la serrant encore plus fort contre lui. Puis nous irons dans ma maison dans le Somerset afin de rendre le voyage plus agréable et moins fatigant.

Les yeux de Delia pétillaient d'avance à l'annonce de ce périple.

— Cette petite maison de campagne appartenait à ma marraine qui me l'a laissée en héritage. Elle y jardinait à merveille et je souhaiterais, ma bien-aimée, vous admirer parmi tous ces parterres de fleurs.

— Comment avez-vous deviné... que j'aimais les fleurs ?

— Parce que vous ressemblez à une fleur et j'espère vous faire découvrir l'immense beauté de l'Inde, même si le devoir et les fastes ne nous autoriseront que peu d'instants en tête à tête.

— Tant que je pourrai vous voir... et vous écouter... je ne serai pas trop exigeante.

— Je désire non seulement vous voir pour vous dire à quel point vous êtes ravissante, répliqua-t-il, mais je souhaite encore plus vous embrasser, vous caresser pour être certain que vous m'appartenez à tout jamais.

— Mon cœur et tout mon être vous appartiennent !

Il posa son regard sur elle, prit son visage au creux de ses mains et l'embrassa tendrement.

— Qu'est-il arrivé à cette jeune femme qui ne désirait plus me revoir ? s'exclama-t-il.

— Elle a été... capturée, conquise et... elle est maintenant votre prisonnière !

Ses lèvres effleurèrent les siennes et il ajouta :

— Je vous avais dit que l'amour était invincible et que toute lutte était inutile.

Puis il l'enlaça, et l'embrassa avec exaltation et passion, presque sauvagement. C'était lui le conquérant, le vainqueur, celui qui réussissait tout ce qu'il entreprenait. Désormais Delia n'avait plus peur : elle savait qu'elle avait enfin trouvé l'amour, celui qu'elle avait toujours attendu. Le véritable amour, déroutant et, comme il le lui avait dit, invincible.

Elle s'abandonna totalement à la force de ses bras et à la pression de ses lèvres. Il la transporta de nouveau vers un paradis où n'existaient que la musique des sphères célestes, le doux parfum des fleurs et la lumière embrasée du soleil. La magnificence et l'éclat de leur amour venaient de Dieu et les accompagneraient jusqu'à l'éternité.

Romans sentimentaux

La littérature sentimentale a pour auteur vedette chez J'ai lu la célèbre romancière anglaise Barbara Cartland, qui a écrit plus de 500 romans. À ses côtés, Anne et Serge Golon avec la série des Angélique, Juliette Benzoni et des écrivains anglo-saxons qui savent évoquer toute la force des sentiments (Janet Dailey, Theresa Charles, Victoria Holt...).

BEARN *Myriam et Gaston de*	**L'or de Brice Bartrès** 2514/**4**★
BENZONI *Juliette*	**Marianne, une étoile pour Napoléon** 2743/**7**★
	Marianne et l'inconnu de Toscane 2744/**5**★
	Marianne, Jason des quatre mers 2745/**5**★
	Toi, Marianne 2746/**5**★
	Marianne, les lauriers en flammes 2747/**8**★
BRISKIN *Jacqueline*	**Les vies mêlées** 2714/**6**★
	Le cœur à nu 2813/**6**★
	Paloverde 2831/**8**★
BUSBEE *Shirlee*	**La rose d'Espagne** 2732/**4**★
	Le Lys et la Rose 2830/**4**★
	Le quiproquo de minuit 2930/**5**★
CARTLAND	Voir encadré ci-contre
CASATI MODIGNANI *Sveva*	**Désespérément, Julia** 2871/**4**★
CHARLES *Theresa*	**Le chirurgien de Saint-Chad** 873/**3**★
	Inez, infirmière de Saint-Chad 874/**3**★
	Un amour à Saint-Chad 945/**3**★
	Crise à Saint-Chad 994/**2**★
	Lune de miel à Saint-Chad 1112/**2**★
	Les rebelles de Saint-Chad 1495/**3**★
	Pour un seul week-end 1080/**3**★
	Les mal-aimés de Fercombe 1146/**3**★
	Lake, qui es-tu ? 1168/**4**★
	Le château de la haine 1190/**2**★
COOKSON *Catherine*	**L'orpheline** 1886/**5**★
	La fille sans nom 1992/**4**★
	L'homme qui pleurait 2048/**4**★
	Le mariage de Tilly 2219/**4**★
	Le destin de Tilly Trotter 2273/**3**★
	Le long corridor 2334/**3**★
	La passion de Christine Winter 2403/**3**★
	L'éveil à l'amour 2587/**4**★
	15e Rue 2846/**3**★
	La maison des flammes 2997/**5**★ (Avril 91)
DAILEY *Janet*	La saga des Calder :
	-La dynastie Calder 1659/**4**★
	-Le ranch Calder 2029/**4**★
	-Prisonniers du bonheur 2101/**4**★
	-Le dernier des Calder 2161/**4**★
	Le cavalier de l'aurore 1701/**4**★
	La Texane 1777/**4**★
	Le mal-aimé 1900/**4**★
	Les ailes d'argent 2258/**5**★
	Pour l'honneur de Hannah Wade 2366/**3**★
	Le triomphe de l'amour 2430/**5**★
	Les grandes solitudes 2566/**6**★

CARTLAND Barbara (Sélection)

Les seigneurs de la côte 920/2*
Le secret de Sylvina 1032/2*
La fille de Séréna 1109/4*
Le valet de cœur 1166/3*
Seras-tu lady Gardénia ? 1177/3*
Printemps à Rome 1203/2*
L'épouse apprivoisée 1214/2*
Le cavalier masqué 1238/2*
Le baiser du diable 1250/3*
La prison d'amour 1296/2*
Le maître de Singapour 1309/2*
L'air de Copenhague 1335/3*
L'amour joue et gagne 1360/2*
Une couronne pour un roi 1372/3*
Vanessa retrouvée 1385/2*
Rencontre à Lahore 1401/2*
L'amour démasqué 1414/2*
Un baiser pour le roi 1426/2*
Lune de miel au Rajasthan 1440/2*
Fortuna et son démon 1454/2*
Un diadème pour Tara 1482/2*
Aventure au bord du Nil 1498/2*
L'étoile filante 1521/2*
La fugue de Célina 1537/2*
L'ingénue criminelle 1553/2*
La princesse orgueilleuse 1570/2*
Rhapsodie d'amour 1582/2*
Sous la lune de Ceylan 1594/2*
Duchesse d'un jour 1609/2*
L'enchanteresse 1627/2*
La tigresse et le roi 1642/2*
Un cri d'amour 1657/2*
Le Lys de Brighton 1672/2*
Le marquis et la gouvernante 1682/2*
Un duc à vendre 1683/2*
Piège pour un marquis 1699/2*
Le Talisman de jade 1713/2*
Le fantôme amoureux 1731/2*
Où vas-tu Melinda ? 1732/2*
Le prince russe 2589/2*
Une douce tentation 2627/2*
Le secret de la mosquée 2638/2*
Le piège de l'amour 2664/2*
Tempête amoureuse 2665/2*
Les yeux de l'amour 2688/2*
L'amour sans trêve 2689/2*
Lilas blanc 2701/2*
La malédiction de la sorcière 2702/2*
Les saphirs du Siam 2715/2*
Un mariage en Ecosse 2716/2*
Le jugement de l'amour 2733/2*
Mon cœur est en Ecosse 2734/2*
Les amants de Lisbonne 2756/2*
Passions victorieuses 2757/2*
Pour une princesse 2776/2*
Dangereuse passion 2777/2*
Un rêve espagnol 2795/2*
L'amour victorieux 2796/2*
Douce vengeance 2811/2*
Juste un rêve 2812/2*
L'amour victorieux 2796/2*
Amour, argent et fantaisie 2832/2*
L'explosion de l'amour 2833/2*
Le temple de l'amour 2847/2*
La princesse des Balkans 2856/2*
Douce enchanteresse 2857/2*
L'amour est un jeu 2872/2*
Le château des effrois 2873/2*
Un baiser de soie 2889/2*
Aime-moi pour toujours 2890/4*
La course à l'amour 2903/3*
Un mal caché 2904/2*
Danger sur le Nil 2916/3*
Une femme trop fière 2917/3*
Le duc infernal 2948/4*
Une folle lune de miel 2949/2* (Mai 91)
Le parfum des dieux 2960/2*
Un ange passe 2972/2*
L'amour est invincible 2973/2*
Le drame de Gilda 3001/2* (Avril 91)
La fuite en France 3002/2* (Avril 91)
Le voleur d'amour 3017/3* (Mai 91)
Musique miraculeuse 3033/2* (Juin 91)
Rêverie nocturne 3034/2* (Juin 91)

GOLON Anne et Serge

Angélique, marquise des Anges 2488/7*
Angélique. le chemin de Versailles 2489/7*
Angélique et le Roy 2490/7*
Indomptable Angélique 2491/7*
Angélique se révolte 2492/7*
Angélique et son amour 2493/7*
Angélique et le Nouveau Monde 2494/7*
La tentation d'Angélique 2495/7*
Angélique et la Démone 2496/7*
Le complot des ombres 2497/5*
Angélique à Québec 2498/5*
Angélique à Québec 2499/5*
Angélique La route de l'espoir 2500/7*
La victoire d'Angélique 2501/7*

DALLAYRAC *Dominique*	*Et le bonheur, maman* 1051/3★
DAVENPORT *Marcia*	*Le fleuve qui tout emporta* 2775/4★
DESMAREST *Marie-Anne*	*Torrents* 970/3★
EBERT *Alan*	*Traditions* 2947/8★
FORSYTHE HAILEY *Elizabeth*	*Le mari de Joanna et la femme de David* 2855/5★
FURSTENBERG et GARDNER	*Miroir, miroir* 3016/7★ (Mai 91)
GOLON	Voir page précédente
HEIM *Peter*	*La clinique de la Forêt Noire* 2752/4★
HOLT *Victoria*	*La maison aux mille lanternes* 834/4★
	L'orgueil du paon 1063/4★
	La porte du rêve 899/4★
	Le galop du Diable 1113/4★
	La nuit de la 7e lune 1160/4★
	Le masque de l'enchanteresse 1643/4★
	La légende de la 7e vierge 1702/3★
	Sables mouvants 1764/3★
	Les sortilèges du tombeau égyptien 2778/3★
HULL *E.M.*	*Le Cheik* 1135/2★
	Le fils du Cheik 1216/2★
IBBOTSON *Eva*	*Une comtesse à l'office* 1931/4★
KEVERNE *Gloria*	*Demeure mon âme à Suseshi* 2546/6★
LAKER *Rosalind*	*Reflets d'amour* 2129/4★
	La femme de Brighton 2190/4★
	Le sentier d'émeraudes 2351/5★
	Splendeur dorée 2549/4★
	Les neiges de Norvège 2687/4★
	Le sceau d'argent 3032/5★ (Juin 91)
LINDSEY *Johanna*	*Le vent sauvage* 2241/3★
	Un si cher ennemi 2382/3★
	Samantha 2533/3★
	Esclave et châtelaine 2925/4★
	La révoltée du harem 2956/6★
	La fiancée captive 3035/4★ (Juin 91)
McBAIN *Laurie*	*Les larmes d'or* 1644/4★
	Lune trouble 1673/4★
	L'empreinte du désir 1716/4★
	Le Dragon des mers 2569/4★
	Les contrebandiers de l'ombre 2604/4★
	Splendeur et décadence 2663/5★
MICHAEL *Judith*	*Prête-moi ta vie* 1844/4★ & 1845/4★
MONSIGNY *Jacqueline*	*L'amour dingue* 1833/3★
	Le palais du désert 1885/2★
MOTLEY *Annette*	*Le pavillon des parfums verts* 2810/8★
MULLEN *Dore*	*Le lys d'or de Shanghai* 2525/3★
	La violence du destin 2650/4★
	Entre ciel et enfer 1557/4★
PARETTI *Sandra*	*L'oiseau de paradis* 2445/4★
	L'arbre du bonheur 2628/5★
RASKIN *Barbara*	*Bouffées de jeunesse* 2888/5★

2973

Impression Brodard et Taupin
à La Flèche (Sarthe) le 22 février 1991
6500D-5 Dépôt légal février 1991
ISBN 2-277-22973-3
Imprimé en France
Editions J'ai lu
27, rue Cassette, 75006 Paris
diffusion France et étranger : Flammarion